Karl Bleibtreu

Das Halsband der Königin

Tragikomödie in 9 Bildern

Karl Bleibtreu

Das Halsband der Königin
Tragikomödie in 9 Bildern

ISBN/EAN: 9783743354739

Hergestellt in Europa, USA, Kanada, Australien, Japan

Cover: Foto ©Andreas Hilbeck / pixelio.de

Manufactured and distributed by brebook publishing software (www.brebook.com)

Karl Bleibtreu

Das Halsband der Königin

Das
Halsband der Königin.

Tragikomödie in 9 Bildern

von

Karl Bleibtreu.

Leipzig 1890.
Verlag von Wilhelm Friedrich.
K. R. Hofbuchhändler.

Perſonen.

König Ludwig XVI. von Frankreich.

Königin Marie Antoinette.

Herzog von Orleans.

Baron Breteuil, Großſiegelbewahrer.

v. Calonne, Finanzminiſter.

v. Coigny, Hofmarſchall.

Ludwig, Prinz von Rohan, Kardinal-Erzbiſchof.

Prinzeß von Lamballe.

Graf Caglioſtro.

Gräfin Lamotte.

Der Unbekannte.

Robespierre, Rechtsanwalt.

Fräulein Oliva, ein lockeres Dämchen.

Villette, Journaliſt.

Böhmer, Hofjuwelier.

Leclos, Kammerdiener der Königin.

Abgeſandter des Gerichts.

Der Henker von Paris.

Herren und Damen der Geſellſchaft und des Hofes.

Garbiſten, Volk, ein Polizeiſergeant, Illuminaten.

Zeit: 1787.

Ort: 1. Bild vor dem Palais Royal. 2., 5., 7. Bild im Schloß-
garten von Verſailles. 3., 4., 8. Bild im Palais Cagliostro.
6. Bild bei der Lamotte. 9. Bild in der Baſtille.

(Im Ganzen fünf Verwandlungen.)

Erstes Bild.

Die Garten-Arkade vor dem Palais Royal, dem Schloß des Herzogs von Orleans, dessen Façade sich in der Ferne zeigt. Vorn auf der Bühne Bäume und Bänke. Herren und Damen der Gesellschaft, ebenso Volk, promeniren hin und her. Darunter der Unbekannte, ein Mann in schwarzer, eleganter Kleidung, und Robespierre. — Im Hintergrunde ein „fliegender Buchhändler", der Stahlstiche feilbietet. — Hinter der Scene bei Aufgehen des Vorhangs Lärm.

Eine Dame.
Was giebt's denn da?

Stimmen.
Die Pferde sind gestürzt. Ein königlicher Wagen!

Volk (herzudrängend).
Da giebt's was zu sehn!

Ein Herr (nach rechts blickend).
Trau' ich meinen Augen?

Der Unbekannte (rechts in der Kulisse, kalt, laut).
Ja ja, es ist die Königin selbst!

Alle.
Die Königin?!

Robespierre (halblaut).
Die Österreicherin?!

Gemurmel des Volkes.
Die Österreicherin!

Coigny (von rechts, eilig).

Platz da, Platz!

Ein Herr (grüßt).

Es ist der Hofmarschall selbst!

Dame (grüßt).

Herr von Coigny?

Coigny.

Meine Damen und Herren, ich bitte sich zu entfernen. — Ei da, das Volk darf nicht so heranbrängen und gaffen.

Robespierre (kalt, laut).

Der Platz hier ist frei für Jedermann und öffentlich.

Coigny.

He, was soll's?

Robespierre.

Dies sind die Gärten des Palais Royal, welche unser volksfreundlicher Herzog von Orleans dem verehrlichen Publiko geöffnet.

Volk.

Na und ob! Der versteht's!

Coigny (drohend).

Wem verdanke ich diese Belehrung?

Robespierre (kühl).

Mein Name ist Robespierre, Rechtsanwalt.

Coigny.

Sehr angenehm. Nun, mein lieber Herr Robespierre, ich muß dringend bitten, sich etwas zurückzuziehen. Ihre Majestät die Königin folgt mir auf dem Fuße. Allerhöchstsie

machten in Begleitung des Herrn Finanzministers eine
Spazierfahrt durch Paris, die Pferde scheuten soeben hier
vor der dichten Volksmenge und wir mußten aussteigen.
(höflich) Darf ich bitten? (Das Publikum geht schweigend links
hinüber und grüßt stumm die Königin, welche mit Calonne,
Lamballe und Leclos von rechts auftritt. — Längere Pause.)

Königin.

Was haben Sie denn da, Herr v. Calonne? (Calonne
ist zu dem fliegenden Buchhändler getreten, hat ihm ein Bild ab=
gekauft und kommt zurück.)

Calonne.

Das Bild unseres neuesten Apostels.

Königin.

Wie, ein Apostel und ich weiß nichts davon? (sich unter=
brechend, leise zu Leclos) Leclos, holen Sie die nächste Mieths=
kutsche! Wir können uns hier nicht aufhalten.

Leclos.

Zu Befehl! (ab nach rechts.)

Coigny.

Sr. Excellenz meinen den sogenannten Grafen Cagliostro.

Calonne (zeigt den Stahlstich).

Seraphisch gen Himmel schmachtende Augen!

Königin.

Ein schlechter Vers darunter? (liest)
„Vom Freund der Menschheit schaue hier die Züge,
Ein jeder Tag ist eine neue Wohlthat.
Das Leben er verlängert, hilft dem Mangel,
Sein einziger Lohn ist der Genuß des Wohlthuns."
(wirft das Blatt weg.) Unzweifelhaft ein großer Spitzbube.

Lamballe.

O Majestät! — Er soll doch wirklich schöne Geheimnisse kennen.

Calonne.

Magnetismus, Hypnotismus, Spiritismus, Mesmerismus, was weiß ich! Jedenfalls ist er Mode und ganz Paris in ihn vernarrt.

Lamballe.

Damen der besten Gesellschaft suchen ihn auf.

Königin.

Und meine Cousine möchte wohl auch? Kleine Neugier! Nein, halten wir uns fern von solch' abenteuerlichen Elementen! (halblaut, sich nach links umsehend, den Kopf zurückwerfend, finster) Was gafft das Volk?

Calonne.

Zwei Dinge sind nur positiv sicher: daß er ewig Geld hat und daß er es mit vollen Händen unter die Armen wirft, jetzt bei der Hungersnot.

Lamballe.

Mein Gott, man sagt immer, das Volk habe kein Brod, und doch kauft man an jeder Ecke so wohlfeile Apfeltörtchen!

Königin (lacht).

Das nenn' ich ein vernichtendes Argument, Cousinchen. O dieser Magier! Sollte er den Stein der Weisen kennen? (lacht) Wie das den Herrn Finanzminister aufregt, der sein Lebtag Gold sucht, ohne finden zu können!

Calonne (lacht).

Ich gestehe Ew. Majestät, daß ich nichts interessanter finde als die . . . unmöglichen Dinge!

Leclos (von rechts, meldet.)

Der Fiaker ist vorgefahren!

Königin.

Schön. (sie gehen.)

Coigny (entsetzt).

Wie, hör' ich recht? Ew. geheiligte Majestät wollen in einem Fiaker —?

Königin.

Warum nicht? Meine Pferde sind ruinirt, worauf sollen wir warten?

Coigny.

Jedennoch —

Königin (kalt).

Ich will es.

Geschrei (h. d. Scene, von den Anwesenden aufgenommen).

Es lebe der Volksfreund!

Königin (sich umdrehend).

He? Wie ist's gemeint?

Geschrei.

Es lebe der Herzog von Orleans!

Königin (grimmig).

Der! Ah, der verhaßte Mensch! Rasch, daß wir ihm nicht begegnen!

Coigny (halblaut).

Se. Hoheit sind für Morgen zur Audienz gemeldet.

Königin.

Ja, er wagt es —! (mit der Faust drohend) Adieu,

König des Palais Royal! (Königin, Calonne, Leclos, Coigny ab nach rechts.)

Ein Herr.

Ists möglich? Sie fährt wirklich ab!

Eine Dame.

Die Königin von Frankreich in einer Mietskutsche! Fi!

Herr.

Wahr, meine Gnädige. Wird erst die Etikette gelockert, so bricht das ganze Gerüst der Gesellschaft zusammen.

Dame.

Ach Gott, die Königin hält ja Audienzen ab — können Sie es glauben? — in ihrem Sommerpavillon!

Herr.

Statt im großen Audienzsaal! Welche Frivolität!

Orleans (mit Billette aus dem Hintergrund auftretend, leicht das ehrerbietig ausweichende Publikum grüßend, kommt nach vorn).
Gut, mein lieber Herr Billette! Ihr neues Pamphlet auf die Königin hat meinen vollen Beifall. Ihr Styl macht Fortschritte. Sehr schneidig.

Billette.

Hoheit sind zu gütig.

Orleans.

Ich werde die Pension erhöhen, welche Sie insgeheim von mir beziehen, natürlich auf Diskretion.

Billette.

Ich schweige wie das Grab.

Orleans.

Nehmen Sie sich nur mit Allem in Acht! Sie wissen, Sie standen schon einmal unterm Verdacht der Urkunden-fälschung. — Apropos, Ihr Gesuch in Sachen der Gräfin Lamotte werde ich prüfen. Ihre Freundin —

Villette.

Meine hochgeborene Gönnerin, Hoheit! Als solche be-trachte ich Sie, obschon die Dame in momentaner Dürftig-keit weilt.

Orleans.

Ah ja, sie nennt sich eine geborene Valois.

Villette.

Sie ist es, Hoheit. Von der älteren ausgestorbenen Linie vom Stamm unsrer Könige, allerdings von der Bank gefallen, aber immerhin eine Valois.

Orleans.

Ja ja, ich höre, ihre Abkunft wird von Niemand be-stritten. Nun wohl, sie hat sich an mich gewandt. Ich sandte ihr Unterstützung. Aber da Sie für sie bitten, mein lieber Villette, so werde ich ein Übriges thun und sehn, was ich für sie zweckdienlich finde.

Villette.

Hoheit überhäufen mich mit Gnade. Ich werde der Frau Gräfin melden —

Orleans.

Ihr Gatte steht in der Provinz beim Korps der Gens-darmen, nicht? (halblaut vor sich hin.) Hm, ein hungriges, gieriges Prinzeßchen wie Die wäre vielleicht gegen den Hof auszuspielen. Nicht übel. (Er geht nach links ab, Villette folgt ihm unter tiefen Bücklingen. — Unter dem Publikum ist während der letzten Zeit nach Abgehen der Königin die Oliva aufgetreten, die sich allein auf eine Bank setzt und kokettiert.

Der Unbekannte

(Orleans beobachtend, kommt an ihr vorüber und stutzt lebhaft). Ha! (halblaut) Welche Ähnlichkeit! (er grüßt sie tief, indem er sie fixiert). Aha, offenbar ein Dämchen! (fixiert sie nochmals) Wirklich frappant! — Fräulein sitzen so allein?

Oliva.

Komme eben erst aus der Provinz, mein Herr.

Unbekannter.

Ah! und sitzen hier im schattigen Garten des Palais Royal und warten auf ... auf ... Kundschaft ... ich meine, auf einen ritterlichen Beschützer Ihrer Reize?

Oliva.

O mein Herr!

Unbekannter.

Ah, wie Ihre liebenswürdige Schwäche mich rührt! Ich komme, sehe und Sie siegen.

Oliva.

(naiv) Aber nein! Sie kommen mir doch gar nicht so galant vor.

Unbekannter.

O feiner Instinkt edler Frauen! Man muß auch nicht Alles haben wollen. Ich beschäftige mich mit der Sittlichkeit.

Oliva.

Ach du mein Gott! Da suchen Sie sich eine Andere!

Unbekannter.

Ich werde über Sie wachen.

Oliva.

Danke schön, schlafen Sie lieber! Ei, mein Herr, was wollen Sie eigentlich von mir?

Unbekannter.

Fräulein besitzen eine reizbare nervöse Disposition, nicht wahr?

Oliva.

Stimmt auffallend.

Unbekannter.

Mein fachmännischer Blick täuscht sich nie. Haben Sie schon mal vom Grafen Cagliostro gehört?

Oliva.

O der Zauberer! Sind Sie das?

Unbekannter.

Sein andres Ich. Nun, meine Tochter, ich gedenke Sie dem Meister vorzustellen als hypnotisch=somnambulisch= magnetisches Objekt!

Oliva.

Sie wollen aber viel fürs Geld! Mir gruselt.

Unbekannter.

Möglich, doch was thut der Mensch nicht fürs liebe Geld!

Oliva.

Ach ja! Nu schön, dann soll man mich verakkordieren für freie Kost und Wohnung und monatlich Salär.

Unbekannter.

Bravo, Fräulein, immer praktisch! Wir werden schon handelseins werden. Ich biete Ihnen 50 Louisdors.

Olive.

50 Louisdors?! Ich b i n magnetische Dame.

Unbekannter.

Mit Überzeugung, nicht? Kommen Sie! (Er reicht ihr den Arm und führt sie weg.)

———

Zweites Bild.

(Im Schloßpark von Versailles. — Die Bühne stellt rechts den Flügel eines Sommerpavillons dar, zu welchem eine Freitreppe hinaufführt. Ein kleines elegant ausgestattetes Zimmer, rechts in der Coulisse eine Thür, links eine Thür gegen die Freitreppe zu. — Die linke Hälfte der Bühne stellt einen Gartenweg dar; ganz links am äußersten Ende der Coulisse ein Hagedorn-Boskett. — Zu beiden Seiten des Gartenwegs Herren und Damen vom Hofe, spalierbildend. An der Freitreppe eine Reihe Gardisten. Auf der ersten Stufe der Freitreppe Coigny in Gala, den Hofmarschallstab in der Hand. — Unter dem Publikum nach rechts vorn Rohan, gekleidet in rothen Sammt, mit rothen Kardinalsstrümpfen, eine goldene Bischofskette um den Hals, sonst aber ganz weltlich gekleidet. Vorn links am Boskett Frau v. Lamotte und Villette. — Als der Vorhang aufgeht, sieht man in dem Pavillonzimmer rechts Leclos, an der Thür horchend und rasch zurückspringend, da die Thür rechts sich öffnet.)

Stimme der Königin (von rechts durch die offene Thür).

Adieu, König des Palais=Royal! (Orleans stürzt heraus, mit wütender Gebärde die Faust vor die Stirn schlagend. Er sieht Leclos nicht, der sich halb hinter der Thür verbirgt).

Orleans (durch den Pavillon hinauseilend, knirscht)
Höll' und Verdammniß!

Stimme der Königin (von rechts).
Leclos! (Leclos rasch ab durch die Thür rechts).

Coigny (als Orleans hastig hinauseilt).
Achtung! Salutirt! (sich verbeugend) Mein Prinz! (Die Soldaten präsentiren, Alles verneigt sich stumm. Orleans, ohne sich umzusehen, nach links ab).

Lamotte (vorn links, zu Villette).

Ein Prinz aus königlichem Geblüt?

Villette.

Mein Gott, den kennen Sie nicht? Der Herzog von Orleans!

Rohan (nähert sich Coigny, halblaut).

Se. Hoheit scheinen in tiefer Ungnade, Herr v. Coigny. (Halblaut). Ach, auch treuergebene Unterthanen finden oft das Gleiche.

Coigny (ausweichend).

Mein Prinz — Ew. Eminenz —

Rohan.

Es steht mir schlecht an, über Ungnade Anderer zu reden, ich, der ich in den Schatten allertiefster Ungnade verdammt scheine .. ohne den Grund zu kennen ..

Coigny (kalt).

Monseigneur, kenne ich ihn? (Beide verbeugen sich kalt, Rohan geht seufzend abseit).

Lamotte (zu Villette).

Wer ist dieser schöne, etwas ältliche Mann?

Villette (geläufig).

Karbinal Prinz Rohan, Erzbischof von Straßburg, Großalmosenier von Frankreich, Commandeurgroßkreuz des Ordens vom heiligen Geist —

Lamotte (hält sich die Ohren zu).

O weh, wieviel Großes noch! Ich arme Kleine bin ganz betäubt. — Ein Karbinal ohne priesterlich Gewand?

Villette.

Das trägt er nur an Sonn= und Festtagen. Sie Harmlose! Prinz Rohan ist ein galanter Kavalier.

Leclos (kommt aus der Thür rechts, geht durch den Pavillon, tritt hinaus zu Coigny und spricht mit diesem einige Worte).

Coigny (mit lauter Stimme).

Achtung! Die Herrschaften, die an der Tour sind und schon wiederholt Audienz erbaten, mögen sich bei mir melden. Ihre Majestät will geruhen, hier im Sommerpavillon zu empfangen. (Zieht eine Uhr). Es bleibt nur wenig Zeit . . Se. Majestät der König wird sogleich erscheinen . . (Rohan tritt zu ihm. Leclos unten an der Treppe wird von der Lamotte angerufen).

Lamotte.

O Herr Kammerdiener! Erbarmen Sie sich meiner! Sie kennen mich ja.

Leclos.

Kenne Sie ganz wohl, meine liebenswürdige Dame . . Frau Gräfin, wollt' ich sagen. Werde thun was ich kann, aber . . (zuckt die Achseln).

Rohan (zu Coigny).

Ich bitte Sie, mein Herr —

Coigny (zu Leclos).

Herr Kammerdiener, Monseigneur fragt an —

Leclos (verbeugt sich).

Werde dem hohen Vertrauen entsprechen.

Lamotte (sich herandrängend).

Ich bin die Gräfin Lamotte, geborene Jeanne de St. Remi de Valois von Frankreich . .

2

Coigny (mit höflicher Impertinenz).

Tochter des gestrengen Herrn auf und zu Fontette, genannt Valois .. ja ja, Madame, man lernt alle Ihre Titel auswendig,e Sie rzählen sie so oft.

Lamotte (aufbrausend).

Mein Herr!

Coigny.

Sollte ich es fehlen lassen an den schuldigen Ehren= bezeugungen für eine Dame aus königlichem Blut? Nein nein, Madame, Sie kommen schon 'ran, .. wenn's Zeit ist. Vielleicht wird die Majestät heut geruhen, Sie an= zuhören ..

Lamotte (auf ihren Platz zurückkehrend, mit Wutthränen zu Villette).

Er höhnt mich, der Elende! Und ich bin doch eine Valois!

Böhmer (währenddessen, ein Etui unterm Arm, heranschreitend).

Melden Sie mich, Herr Kammerdiener! (Leclos geht rechts hinein und wartet im Pavillon).

Coigny (zuvorkommend).

Ah, Herr Hofjuwelier Böhmer! Sie haben Zutritt, möcht' ich wetten. Wegen Ihres berühmten Halsbands, nicht?

Böhmer.

Ach ja, Herr v. Coigny!

Coigny.

Armer Mann! Immer noch kein Käufer? Die Königin von Portugal —? Die Königin beider Sicilien —? (Böhmer schüttelt seine Perrücke). Ah, Sie hoffen also noch auf — hier? (Deutet rechts hinein).

Böhmer.

Meine letzte Hoffnung, Herr Hofmarschall!

(Drinnen rechts ist die **Königin**, in einer Brokat-Robe, mit Prinzessin Lamballe aus der Thür rechts getreten. Leclos schiebt den Damen Stühle hin).

Königin (mit gedämpfter Stimme).

Ich bin müde, Leclos. (Halblaut zur Lamballe) Nach der häßlichen Scene mit Vetter Orleans, die man dem König verschweigen muß . . (laut) sind Leute draußen, die schon mehrfach vornotirt sind?

Leclos (zögernd).

Es wartet Eminenz Prinz Rohan.

Königin.

Schärfte ich Ihnen nicht ein, diesen Namen mir nie zu nennen? Wird dieser Mensch denn nie begreifen, daß man ihn nicht will? — Nicht einverstanden, Cousine?

Lamballe.

Sie sind hart.

Königin.

Nicht ohne Gründe. — Wer noch?

Leclos (ernsthaft).

Die Frau Gräfin Lamotte, Jeanne de St. Remi de Valois —

Königin (lacht verächtlich).

Von Frankreich, nicht? Diese Abenteurerin!

Lamballe.

Wie, sie ist also keine Valois?

2*

Königin.

Doch ja, meinethalben. Was geht uns ihr Stamm=
baum an! Im Uebrigen .. Sie wissen nicht, was ich
Alles von ihr weiß, dieser kleinen Lamotte. — Sonst
Niemand?

Leclos.

Hofjuwelier Böhmer.

Königin (lebhaft).

Ah herein, herein mit ihm! Den will ich sehn, sonst
Niemand. Ich erwarte übrigens den Finanzminister.

(Leclos ab nach außen, spricht mit Coigny, macht der Lamotte ein
bedauerndes Zeichen und führt Böhmer in den Pavillon. Rohan,
der in sich versunken abseits stand, so daß er die Lamotte gar nicht
beachtete und sah, geht auf bedauernden Wink Coigny's abseits. —
Böhmer drinnen nähert sich unter drei Reverenzen der Königin).

Königin.

Ah guten Morgen, Herr Juwelier. Nicht wahr, das
Halsband? Sie wissen doch, daß ich kein Geld habe.

Böhmer.

O Madame! Sie —!

Königin.

Welche Fürstin kann heut einundeinehalbe Million
für eine Schmucksache bezahlen!

Böhmer.

Zahlbar binnen Jahresfrist in fünf Raten. Geruhen
Ew. Majestät noch einmal einen Blick darauf zu werfen!
(Er zieht ein Etui hervor, öffnet und hält es der Königin hin).

Königin (sich abwendend).

Jaja, schöne Diamanten. Liebe Lamballe, möchten Sie sehen?

Lamballe (schlägt die Hände zusammen).

O wie herrlich, mein Gott, wie herrlich! Keine Frau der Welt hat ein solches Halsband.

Königin (gezwungen).

Einundeinehalbe Million in einer hohlen Hand! Das ist zu theuer.

Lamballe.

Ach! Hier die erste Reihe! Diese Diamanten — ich zähle siebenzehn, nicht? — haben die Größe von Haselnüssen. Ach und wie geistreich stufenweise zusammengestellt! Diese sternförmigen oder einfach birnenförmigen Gehänge! Und wie sich sechsfach breite Reihen abwärts schlängeln —

Königin (unwillkürlich begeistert).

Ja und sich dann am Busen um den Hauptdiamanten verschlingen! Und alles das strömt zusammen wie regenbogenfarbige Flammen und blitzt wie Sterne!

Böhmer.

Ah und erst Abends beim Kerzenlicht in den Prachtzimmern unserer erhabenen Gebieterin! Es giebt auf der Welt nur eine Königin, die würdig, solchen Schmuck zu tragen, und das sind Ew. Majestät.

Königin (mit Würde.)

Genug, meine Majestät wird es nicht tragen. — Sie seufzen, liebe Cousine? Geben Sie mir einundeinehalbe Million und wir werden sehen.

Böhmer (wirft sich ihr zu Füßen).

Gnade, Gnade! Retten Sie mich, Majestät, sonst muß ich ins Wasser springen.

Königin.

Dabei brauchen Sie mich nicht! Nehmen Sie doch einfach Ihr Halsband wieder auseinander!

Böhmer (springt auf).

Die Diamanten auflösen — Arbeit verloren und Ruhm dazu? Niemals, eher ins Wasser!

Königin.

Ins Tollhaus! Das ist also eine fixe Idee!

Leclos (meldet).

Se. Excellenz der Finanzminister.

Königin.

Ah, ah! Er kommt wie gerufen. — Gehn Sie, Herr Hofjuwelier, und warten Sie. Vielleicht lass' ich Sie noch= mals rufen.

Böhmer (sich bis zur Erde verneigend).

Welche Gnade, Majestät!

Lamballe.

Und das Halsband bleibt so lange hier, nicht wahr? Sie sind ein großer Künstler, Herr Hofjuwelier.

Böhmer.

O, Prinzessin! — Zu Befehl Ew. Majestät. (Geht unter zahllosen Bücklingen nach links zurück, wo er sich draußen vor der Terasse wieder unter die Übrigen mischt, die ihn neugierig um= ringen. In der Thür stößt er auf den Minister Calonne, einen eleganten Grandseigneur.)

Königin (lebhaft).

Ah, mein bester Herr von Calonne! — Sagen Sie mir doch, haben wir eigentlich Geld?

Calonne (sich elegant verbeugend).

Ei, Madame, wir haben immer Geld.

Königin.

Ah, das ist es, was ich an Ihnen bewundere. Nie hörte ich einen Finanzmann so antworten.

Calonne.

Mit leichtem Herzen, auf Ehre. Welche Summe braucht Ew. Majestät?

Königin.

Hm, Herr Necker, Ihr Vorgänger, dieser halsstarrige Demokrat, behauptete doch immer, wir seien bankerott?

Calonne.

Ein König ist niemals bankerott, Madame. Man erhöht einfach die Civilliste.

Königin (lau abwehrend).

Ah, ah!

Calonne.

Necker bewies immer nur, daß er nichts beweisen konnte. Wozu die vielen schönen Ziffern! Das kann jeder Stümper sagen: Kein Geld mehr da! Der allein ist Meister, wer Geld findet!

Königin.

Das ist es ja eben, was ich in Ihnen begrüße. Aber wie machen Sie das?

Calonne (naiv).

Mein Gott, man macht Schulden, Madame, darin liegt das ganze Geheimnis.

Königin (etwas verdutzt).

Ah, diese Lösung —

Calonne.

Im ersten Jahre nahm ich hundert Millionen auf, im zweiten hundertundfünfzig, im dritten achtzig Millionen, und ich werde weitere Anleihen kontrahiren, sofern meine ehrliche Überzeugung als Staatsmann mich dazu anfeuert. Gottlob, in Folge dieses schönen Systems befinden sich die königlichen Finanzen augenblicklich im blühendsten Zustand.

Königin.

Sie vergessen nur eine Schwierigkeit . . wie wird man das später Alles zurückzahlen?

Calonne (mit unheimlichen Lächeln).

O Madame, ich bürge Ihnen dafür: Man wird bezahlen.

Königin.

Gut, ich verlasse mich ganz auf Sie, Herr von Calonne, Sie sind der Mann der neuen Gedanken. Haben Sie zufällig einige neue?

Calonne (bieder).

Ich werde ein wenig das Brot besteuern.

Königin.

Ah! Wird das nicht böses Blut machen beim armen Manne?

Calonne.

Keine Spur, Madame. Er merkt es gar nicht.

Königin (überzeugt).

Sie sind unzweifelhaft ein Genie. Aber sagen Sie mir doch, Herr von Calonne, wäre es möglich, daß Sie mir eine gewisse Summe . .

Calonne.

Sie haben nur zu befehlen, Majestät.

Königin (zögernd).

Es handelt sich um einundeinehalbe Million.

Calonne (anmuthig lächelnd).

Ei nur zu, Madame! Ich bekam schon Angst, es handle sich um etwas Bedeutendes. Solche Bagatelle!

Königin (reicht ihm die Hand zum Kuß).

Herr von Calonne, meinen königlichen Dank!

Calonne.

Mein höchstes Glück bleibt stets, die allerhöchste Billigung zu erlangen, meiner erhabenen Herrin zu gefallen. Ich flehe Ew. Majestät inbrünstig an, zu Stufen Ihres Thrones, sich bei meiner Kasse nie Zwang anzuthun. Das ist mir ein Herzensvergnügen.

Königin (will antworten, macht aber)

Sst!

Breteuil (draußen, kommt hastig von links, während hinter der Szene von links her ein Trommelwirbel und Lebehochs ertönen).

Se. Majestät der König! (Der König kommt hastigen Schritts von links, gekleidet in Violett, mit blauem Ordensband.)

Coigny (kommandiert).

Präsentiert das Gewehr!

Alle.

Es lebe der König!

König (dankt mit der Hand und winkt der Garde ab).

Rührt euch! — Bitte um Ihre Meldung, Herr v. Coigny.

Coigny.

Zu Diensten Ihrer Majestät der Königin. Allerhöchstsie haben Audienz.

König.

So? — Herrgott, da luckt ja schon wieder der unglückselige Böhmer vor! (nickt.) Guten Tag. — Wer ist denn bei der Königin?

Coigny.

Exzellenz Calonne, Sire.

König.

Ei, da komm' ich grade recht. (steigt die Treppe hinauf und tritt ein.) Sie können mir folgen, Breteuil. (König und Breteuil treten in den Pavillon, während Leclos die Thüre aufreißt. Reverenz der beiden Damen und Calonne's.) Guten Morgen, teure Gemahlin! Immer rosig strahlend wie Aurora! — Ich grüße Sie, meine Cousine. (zur Lamballe).

Königin (anmutig auf Calonne weisend).

Der Herr Generalkontrolleur meiner Finanzen!

König (verdrießlich).

Jawohl. Sie haben mir da eine neue Denkschrift unterbreitet, Herr v. Calonne. Schon wieder Anleihen!

Und immer ohne zu wissen, wie man rückzahlen soll ... womöglich mit Zins und Zinseszins ... na, das ist ein unlösliches Problem, so wahr ich mich auf die Algebra verstehe. Doch das scheint höhere Mathematik.

Calonne.

Sire, ein Anlehen ist ein gesunder Aderlaß, eine heilsame Anpumpung, die das Brunnenwasser verstärkt. Übrigens kommts nicht drauf an, wie wir bezahlen, sondern wie wir entleihen. Das Zurückzahlen ist eine Sorge später Zukunft, „später" und immer noch zu früh; fürs erste fragt es sich, ob man uns borgt. Denn das ist immer der einzige Maßstab des Staatskredits.

König (seufzt).

Ja, Sie erhöhen dafür auch den Zinsfuß um viele Prozente. Das geht nicht mehr lange so fort. — Ach sieh da, Frau v. Lamballe, was bewundern Sie denn da? Wahrhaftig, das berühmte Halsband taucht wieder auf!

Königin.

Ja, Sire, und ich wäre vielleicht doch geneigt, es zu kaufen. Als Patriotin mag ich nicht dulden, daß ein solches Erzeugnis französischer Kunstarbeit ins Ausland wandere.

König.

Den Teufel auch! Es kostet aber ein Heidengeld. Ich hab's nicht dazu.

Calonne (mit Honigstimme).

Aber ich, Sire, als Ihr unterthäniger Finanzminister. Die Kassen des Staates strotzen von Zahlungsfähigkeit und ich habe mich schon für diesen harmlosen kleinen Kredit bei

Ihrer Majestät verbürgt. Meiner Treu, Sire, es schadet unserm Ansehn, wenn Europa erfährt, die Königin von Frankreich dürfe sich nicht den Luxus eines expreß für ihre erlauchte Schönheit bestimmten Schmuckes erlauben.

König (seine Frau verliebt betrachtend).

Freilich ... es wird Ihnen zum Entzücken stehn, Madame. (halblaut zu ihr). Sie sind heut wieder wunderschön. (laut). Sie mögen immerhin für Ihre Toilette ein paar Millionen ausgeben. Dazu reicht's noch.

Calonne.

O, diese Summe gereicht unsrer Industrie, unserm Handel, zum Nutzen.

Königin (zweifelhaft).

In der That! Sie wissen so reizend zu beruhigen, mein Herr.

König.

Nun, nun, ich bin ja bereit ... gönnen Sie mir die Freude, Ihnen selbst das Halsband anzulegen.

Königin (ihn sanft abwehrend).

Nein. Legen Sie's wieder in sein Etui. Niemand soll einen Schmuck von solchem Preis an meinem Halse sehen.

König.

Wie, Sie schlagen es aus?

Königin.

Ich hänge mir nicht einundeinehalbe Million um, während wir zu den Armen sagen: Ich habe kein Geld!

Calonne und **Breteuil** (sich verbeugend).

Welche Großmut!

Königin.

Meine Herrn, für einunbeinehalbe Million kann man eine Fregatte kaufen. Wir bedürfen der Flotten, aber nicht der Halsbänder.

Calonne und Breteuil.

Es lebe die Königin!

König (entzückt und gerührt).

O das ist erhaben! Ich danke, Antoinette, ich danke ... Sie sind eine vortreffliche Frau. Ja, Madame, ich werde meine Fregatte bestellen und Sie sind die Pathin, denn das Schiff soll heißen: Das Halsband der Königin!

Breteuil.

Welche Erhabenheit!

König.

Ja, ich will, daß alle Welt dies erfahre. Das wird Ihnen ungeheuer nützen, Madame. — Ihren Arm, der Wagen wartet zur Ausfahrt.

Königin (im Abgehen, über die Schulter hin zu Calonne).

Sehen Sie, Herr Minister, es wäre grausam, wenn das Volk meine Launen bezahlen sollte.

Calonne (düster lächelnd).

O, Majestät, es wird nie das Volk sein, das bezahlt.

Königin.

Warum nicht?

Calonne (sich tief verbeugend).

Weil das Volk nichts mehr hat. Wo nichts ist, hat der Kaiser sein Recht verloren.

Königin (aufzuckend).

Oh!

König (der leise mit Breteuil sprach).

Kommen Sie, kommen Sie, Antoinette. Die Spazier=
fahrt vor dem Diner ist mir zuträglich. Das stärkt den
Appetit, und eine innere Stimme verkündet mir: wir werden
Fasan mit Trüffeln haben. (Er führt sie lachend hinaus, das
Etui unterm Arm, die Terasse hinab, Breteuil, Calonne, Lamballe
folgen.)

Coigny (kommandiert).

Die Majestäten! Präsentiert das Gewehr!

Alle.

Es lebe der König! Es lebe die Königin! (König und
Königin mit Gefolge nach links vorübergehend.)

König (im Vorübergehen Böhmer das Etui in die Hand drückend.)

Es ist nichts mit uns, mein armer Böhmer. (Halblaut.)
Ist das nicht Herr von Rohan? (Rohan verbeugt sich tief.) He?

Königin

(mit einer heftigen Bewegung, wobei ihr ihre Bonbonière entfällt.)

Ich wünsche ihn nicht zu sehen, ich habe ihm nichts
zu sagen. (Rauscht hochmüthig davon. König und Gefolge ab
nach links.)

Rohan (mit gramerstickter Stimme, in den Hintergrund gehend.)

Meine Karosse!

Kammerdiener Leclos (im Hintergrund, ruft).

Die Karosse von Eminenz Rohan vorfahren!

Vilette (rasch zur Lamotte).

Muß doch mit Freund Leclos klatschen. Bis nachher!
(Geht in den Hintergrund zu Leclos.)

Lamotte (hat die Bonbonière, die dicht neben ihr zu Boden fiel, hastig aufgerafft und murmelt triumphierend)

Endlich ein Mittel!

Der Unbekannte (welcher während der letzten Scene unter dem spalierbildenden Publikum auftrat, dicht neben ihr).

Die Gnädige täuscht sich.

Lamotte (erschrocken aufsehend).

Mein Herr?

Der Unbekannte (immer halblaut, ruhig).

Die Gnädige glaubt, diese Büchse, die der Königin entfiel, werde ihr als ehrliche Finderin die so lange versperrte Thür öffnen. Umsonst! Der König ist allzu arg gegen Sie eingenommen und Sie werden niemals in die Nähe der höchsten Herrschaften bringen.

Lamotte.

Das stände abzuwarten. Übrigens, mein Herr, möchte ich mir ausbitten —

Der Unbekannte (kühl).

Daß ich Sie mit der Ehrerbietung behandle, · welche eine Tochter des königlichen Hauses von Valois und eine Dame von so viel Geist und Anmut von jedem Kavaliere heischt. O daran soll es nicht fehlen, Madame! Im Gegenteil, ich bin ein Freund und beweise dies durch den guten Rat, den ich Ihrer Weisheit unterbreiten werde.

Lamotte.

Woher dies Interesse an einer Unbekannten?

Der Unbekannte.

Gnädige Gräfin, ich bin Philantrop. Das Unglück hat heilige Rechte auf meinen Beistand.

Lamotte (beißend)

O! Wie theuer?!

Der Unbekannte (lacht leise).

Sie sind eine Frau von zu viel Geist. Nein, Madame, kein eigennütziges Motiv kann mich leiten. Bedenken Sie doch selbst, bei Ihrer Lage . . .

Lamotte.

Wer sind Sie? Etwa ein Polizeiagent? Sie haben nicht das Aussehen.

Der Unbekannte.

Der zarte Instinkt edler Frauen trifft stets das Rechte. Nein, Madame, nein, ich bin Edelmann. Warum sollte ich Ihnen schaden? Wer hätte Nutzen davon? (energisch) Mein Rat ist einfach der: Statt Ihren Fund für eine mehr als zweifelhafte Hoffnung zu verwerthen, verwahren Sie ihn und spielen Sie ein wenig damit. Hm, wer weiß, am Ende hat Ihnen die Königin damit ein Geschenk gemacht — ein Zeichen vertrauter Gunst — es braucht ja nicht Jeder zu wissen —

Lamotte (aufmerksam).

Ich verstehe. Aber wem soll ich damit imponieren? Leute vom Hofe würden bald erfahren —

Der Unbekannte.

O es giebt auch Leute vom Hofe fern vom Hofe . . Die haben's sehr gern, mit Damen zu verkehren, denen die Königin heimliche Geschenke macht . . . was glauben Sie wohl!

Lamotte.

Auf wen ist das gemünzt?

Der Unbekannte.

Nun, z. B. auf den Prinzen Rohan — der arme Mann, wieder abgeblitzt!

Lamotte.

O unmöglich! Ich habe auch an ihn wiederholt Bitt= briefe gerichtet . . er antwortete nicht einmal . . .

Der Unbekannte.

Er wird Ihnen heut' Abend Audienz gewähren.

Lamotte.

Wie? Heut' Abend? Ohne daß ich davon weiß? Ah, Sie haben mich zum Besten.

Der Unbekannte.

Durchaus nicht, meine Verehrungswürdige. Rohan besucht heut' nach dem Diner seinen Freund Cagliostro . .

Lamotte.

Graf Cagliostro? Der Wunderthäter? Ich suchte ihn in seinem Hotel auf, er war nicht zu sprechen (knirschend), auch er nicht!

Der Unbekannte.

Er wird heut' zu sprechen sein, ich schwöre es Ihnen. Stellen Sie sich Schlag sieben Uhr im Hotel Cagliostro ein und Sie werden dort wirklich Wunderdinge erleben. Man giebt Ihnen Gelegenheit, den Prinzen=Kardinal tête- à-tête zu bezaubern . . da könnte die Bonbonnière zu schönen Resultaten führen . . O ich sehe, eine Frau von Geist versteht meinen zarten Wink.

Lamotte (trocken).

Er ist deutlich genug. Aus alledem muß ich abnehmen, Herr Graf —

Der Unbekannte.

Welche Rangerhöhung! Doch eine Tochter aus königlichem Stamme hat das so an sich. Die Huld liegt in der Familie.

Lamotte.

Wie, sind Sie nicht Graf Cagliostro selbst, der Sie doch in seinem Namen versprechen —?

Der Unbekannte.

Gnädige Gräfin täuschen sich. Ich bin ein gänzlich ungefährliches Wesen, wie gesagt ein harmloser Philantrop, dem die Linderung menschlicher Leiden höchste Seligkeit.

Lamotte (halblaut).

Offenbar ein Amerikaner. Die sind ja alle verrückt. (laut) Und wer bürgt mir, daß ich mich nicht unsterblich blamiere?

Der Unbekannte.

Versuchen Sie's nur! Haben Sie so viel zu verlieren?

Lamotte.

Es ist aber auch wahr! Gut denn, ich will es darauf wagen. Wenn ich nur ahnte, wer sich einen solchen Anspruch auf meine Dankbarkeit erwirbt!

Der Unbekannte.

Unnöthig. Wir werden uns niemals wiedersehn.

Böhmer (der seit den Worten des Königs wie gebrochen dastand, wankt eben fort, vor sich hin gestikulierend.)

Das Halsband kann nicht verkauft werden!

Der Unbekannte.

Ach Madame, sehn Sie, noch ein Unglücklicher! Es

giebt viel Elend in der Welt. Seid liebreich untereinander! Sie sind eine Frau von Geist. Vielleicht finden Sie ihm einen Käufer. Das wäre ein Geschäft für Sie! (Grüßt.) Madame, ich habe das Meinige gethan.

Lamotte.

Einen Augenblick, mein Herr! Was sagen Sie mir da? Wir werden uns niemals wiedersehen? Welch' Interesse können Sie dann haben —

Der Unbekannte.

Ja, meine Gnädige, da kann ich nur den Vers jenes englischen Barbaren zitieren, dessen Name Ihnen durch Vermittelung des Herrn von Voltaire vielleicht geläufig wurde, jenes betrunkenen Wilden Shakespeare:

Es giebt mehr Ding' im Himmel und auf Erden,
Als eure Schulweisheit sich träumen läßt.

(Er verliert sich in der Menge, die sich verläuft. Lamotte starrt ihm nach.)

Drittes Bild.

Saal bei Cagliostro. Rechts und links Thüren. Phantastische Einrichtung. In der Mitte ein mit Hieroglyphen bemalter Schrein mit Fächern, in welchem man allerlei Flacons sieht. Zu beiden Seiten desselben auf einem Sockel ein metallenes Becken. Etwas mehr rechts ein Tisch mit drei brennenden Kerzen und eine große Wasserkaraffe. An der Wand ein großes Kruzifix. In einer Ecke rechts ein Löwenmaul von Metall in einer Wandvertiefung. — Eine Versammlung feingekleideter Herren und Damen, in deren Mitte Cagliostro, reichgekleidet, das Haar in kleine Zöpfe geflochten. Links und rechts vorn, etwas getrennt von der Versammlung, Orleans und Rohan, maskirt.

Cagliostro (behaglich erzählend).

Ja, so machten wir's im steinigen Arabien, um die Raubthiere auszurotten.

Orleans.

Ist's die Möglichkeit! Also Arsenik unter's Futter der Schweine mischen —

Cagliostro.

Ja und diese frei in die Wälder laufen lassen, wo sie von den Löwen gefressen werden, welche sodann an den arsenischen Schweinen sterben.

Alle.

Geistreich! Genial! (Cagliostro geht rückwärts und lehnt sich an den Schrein. Die Anderen weichen zurück, sodaß die Einzelnen beiseit ihr Anliegen vorbringen können).

Cagliostro (im Geschäftston, zu einer Dame ihm zunächst).
Was kann ich für Sie thun?

Dame.

Ach, Meister, man wird älter . . abscheuliche Runzeln . .

Cagliostro (nimmt ein Flacon aus dem hieroglyphischen Schrein).
Durch dies Schönheitswasser wird man jünger. (einem
Herrn). Und Sie, Vicomte? Was haben S i e für Schmerzen?

Herr.

Ach, ich fühle mich welk . . das Herz liebt noch heiß,
aber die Beine wollen nicht recht mit —

Cagliostro (reicht ihm ein anderes Flacon).

Dieser egyptische Wein, köstlicher denn Nektar, wird
eigentlich nur tropfenweise verkauft. Ich überlasse Ihnen
aber aus Freundschaft das ganze Flacon.

Herr.

Tausend Dank! Und . . der Kostenpunkt?

Cagliostro (leichthin).

Nur 10 000 Livres. Sie können die Summe bei
meinem Haushofmeister unten im Bureau begleichen. (zu
einem Bedienten, der mit einem großen Pack unterm Arm weggeht).
Heda, wohin? Ah so, die Medizin für die Armen! Es ist
gut. — Ich spende dem Volke meine Thaumaturgie umsonst.

Gemurmel.

Edler Wohlthäter!

Cagliostro (zu einer Gruppe).

Nun, meine Herrn und Damen, wie mundet Ihnen
meine Spagirische Speise?

Damen.

Himmlisch!

Herrn.

Der reine Syrup! Nektar und Ambrosia!

Cagliostro.

Ah, wenn Sie erst mein Lebenselixir kennten!

Orleans.

Nicht wahr, das Arcanum der prima materia?

Cagliostro.

So ist's, mein Herr. (zu den Nächststehenden halblaut).
Es ist der Herzog von Orleans. Se. königliche Hoheit
sind einer meiner eifrigsten Schüler und eingeweiht in höhere
Grade der Wissenschaft. (Mit erhobener Stimme.) Ja, die
prima materia und Acacia zu finden, welche die Kräfte
blühendster Jugend konsolidiert, — das ist die physische
Wiedergeburt. Aber noch Höheres winkt: das Pentagon,
welches in den Urzustand der Unschuld vor der Erbsünde
zurückversetzt — das ist die moralische Wiedergeburt.

Damen.

Ach wie süß, wie lieb!

Herrn.

Was bedeutet Pentagon?

Rohan (gewichtig.)

Das ist ein Tempel auf einem sehr hohen einsamen
Berg, genannt Sinai. (Alle wenden sich ihm zu).

Cagliostro (nickt).

Sehr gut. Weiter!

Rohan.

Dies Zion hat 12 Seiten, jedes bestehend aus 3 Stock=
werken, deren oberstes heißet Ararat.   Auf jeder Seite ein
großes Fenster, an welchem ein Meister stehet.

Cagliostro.

Das ist mein liebster Schüler, an dem ich Wohlgefallen
habe.   Nur weiter!

Gemurmel.

Es ist der Kardinal von Rohan!

Herrn.

Und wie gelangt man hinein?

Rohan.

Durch Kasteiung, Wagniß und schwere Prüfung. Durch
Hunger, Furcht, Verzweiflung, Aderlässe, Schweißbäder,
Purgiren, 14 Tage mediziniren und Wurzelkost.   (Gemurmel
der Ehrfurcht.)

Cagliostro (zu einer Dame).

Womit kann ich Ihnen dienen?

Dame (halblaut).

Ach, Meister — ein schöner Ungetreuer —

Cagliostro.

Flößen Sie ihm dies Liebestränkchen ein — und ich
stehe für Alles (giebt ihr ein Fläschchen).

Dame.

Tausend Dank! (naiv) Es sieht aus wie pures Wasser.

Cagliostro (erhaben lächelnd).

Aber was für'n Wasser! Von Geistern geweihtes, ein
ganz besonderer Saft! — Und Sie, mein Herr?

Herr.

Ein verwickelter Erbschaftsprozeß — Sie lesen in der Zukunft — wie wird er ausfallen?

Cagliostro.

Schriftlich einreichen! Prophezeiung in Geheimschrift kostet 50 Louisdor. — Alles zum Besten der Armen!

Ein dicker Herr.

Theurer Meister, Sie sind auch groß in der Industrie. Sie sollen Hanf in Seide verwandelt haben. Ich bin der Generalpächter Poqueville und möchte Ihnen das Geheimnis abkaufen.

Cagliostro (niederschmetternd).

Erdenwurm, Du willst handeln mit mir um die Mysterien der Schöpfung? (trocken) Doch ich verzeihe Deinem irdischen Sinn. Das Geschäft läßt sich machen. (mit erhobener Stimme) Dies Wunder verdanke ich meinem hochverehrten Lehrer und Läuterer, dem weisen Greise Althotas — nie war ein Sterblicher weiser und greiser. (trocken). Siehe pagina 17 der „Biographie des Grafen Cagliostro,“ Klein=Oktav, Warschau im Verlag von Gebrüder Popolinski, Preis 3 Livres, zu kaufen unten im Bureau.

Mehrere (Büchlein hochhaltend).

Hier!

Eine Dame.

Ach, er ist groß, unendlich groß!

Cagliostro.

Die öffentliche Audienz ist geschlossen. Nächstens mehr

von meiner neuschöpferischen Thaumaturgie, meiner thera=
peutischen Originalmethode!

Alle (verneigen sich).

Meister, ehrfürchtigen Gruß! (Alle ab, außer Cagliostro,
Rohan, Orleans.)

Cagliostro (den Abgehenden nachrufend).

Bitte rechts am Eingang die Sammelbüchse zur Er=
bauung des Pentagon!

Rohan (nähert sich ihm).

Lieber Meister! (zu Orleans.) Ah Pardon, Hoheit haben
den Vortritt.

Orleans.

Nein, ich bitte, Eminenz —

Cagliostro (mit Würde).

Die Herren können sich bemaskieren. (Beide thun es.)
Ew. königliche Hoheit geruhen, Ihre Wünsche zu melden.

Rohan.

Ich warte diskret. (er nimmt einen Stuhl und setzt sich
ganz vorn links, wo er in sich versunken vor sich hinstarrt.)

Orleans (mit Cagliostro vorn rechts).

Mein Anliegen geht nicht an den Zauberer und Pro=
pheten, sondern an den Politiker.

Cagliostro.

Politiker? Ich? Hm? Wie das?

Orleans.

Ich verehre in Ihnen das Haupt des Illuminaten=
ordens. (macht ein Zeichen.)

Cagliostro.

Ich weiß, daß Sie zu uns gehören.

Orleans.

Und ich weiß, daß die Auserwählten als Führer einen hohen Rat bilden, welchem sich erst die wahren Zwecke des Bundes enthüllen.

Cagliostro.

Und worin vermuten Sie diese Zwecke? Sind Sie sicher, daß Sie nicht erstarren werden?

Orleans.

Und wärs das Medusenhaupt, ich bin auf Alles gefaßt.

Cagliostro.

Es sei. (mit eigener Betonung.) „Adieu, König des Palais-Royal."

Orleans (bebend).

Ha, was? Was meinen Sie damit?

Cagliostro.

Hören Sie die Worte zum ersten Mal? Vergaßen Sie so bald den Hohn der habsburgischen Unterlippe?

Orleans.

Sie wissen —? O tötlicher Schimpf! So hat die Königin selbst es verbreitet, denn wir waren allein.

Cagliostro.

Die Königin hat nichts gesagt, der Geist aber mir, armseliger Spötter! Zweifele nur an dem Seher, dessen Auge in den Herzen liest und dem nichts verborgen unter dem Himmel. Geh und erscheine zu der nächtlichen Ordensfitzung, fobald Dein Oberer Dich ruft. Dein Wille foll geschehen.

Orleans.

Ich danke. (überzeugt.) Von heut an glaube ich an Dich. (Ab nach links.)

Cagliostro (die Hand ausstreckend).

Also werden Alle das Licht von Damaskus schauen, die da zweifeln.

Rohan.

Auch er! Auch er glaubt an den Propheten! O Meister, Sie sind ein gewaltiger Mann. Sagen Sie doch, kann ich etwas für Sie thun?

Cagliostro (stolz).

Wäre es nicht passender, wenn ich Sie das fragte?

Rohan (verwirrt).

Ich . . eigentlich wünsche ich nichts.

Cagliostro.

Im Gegenteil, Sie hegen Wünsche eines Königs. Eine große abenteuerliche Liebe . .

Rohan (bebend).

Ich weiß nicht, was Sie damit sagen wollen, Graf.

Cagliostro.

Sie wissen es nur zu gut. Ihr Herz ist wie ein Spiegel für mich.

Rohan.

Stille, o stille! (Cagliostro geht an den Tisch mit den drei Leuchtern und der Wasserflasche.)

Cagliostro (befragt die Wasserflasche).

Hm, sollte der Augenblick gekommen sein, solche Liebe merken zu lassen? — Hm, hm!

Rohan (aufgeregt).

Diese wahnsinnige Liebe hat also eine Zukunft?

Cagliostro.

Warum nicht? — Das Orakel sagt, Sie könnten hoffen.

Rohan.

Ist's möglich?

Cagliostro.

Heut nur so viel: Jene Frau liebt ihren Gemahl nicht.

Rohan.

Ah! — Aber würde sie mich lieben?

Cagliostro.

Wer weiß!

Rohan.

O mein Freund, steht es in Ihrer Macht, dies zu erforschen?

Cagliostro.

Wer weiß!

Rohan.

Krönen Sie Ihre Mühen für mich durch ein letztes gutes Werk! Erretten Sie mich aus meinen verzehrenden Zweifeln und ich will ewig Ihr Sklave sein!

Cagliostro.

Nicht so! Der Freund meiner Seele sind Sie, würdig, mein ganzes Vertrauen zu genießen, durch die Erhabenheit

Ihrer Gesinnung. Ihnen will ich mein tiefstes Herz er=
öffnen. — Sie haben an Ihren Freund eine Bitte gerichtet,
das ist genug. Ich werde thun, was ich vermag. Setzen
Sie sich dorthin in die Ecke und sammeln Sie sich in stiller
Erbauung! Schließen Sie die Augen!

Rohan (thut es).
Ich werde erfahren —?

Cagliostro.
Etwas besseres: Sie werden sie selber sehn!

Rohan (bebend).
Sie selber? Unmöglich!

Cagliostro.
Nichts ist unmöglich Dem, welchem Macht gegeben
über die sieben Geister, dessen Zauberstab die Seelen ent=
führt durch die Lüfte. (Kritzelt rasch auf ein Notizblatt, murmelt):
Sofort ans Werk, Sachen Rohan. (Er öffnet das Löwenmaul
und schiebt das Billet hinein, das man abwärts rutschen hört).

Rohan (mit geschlossenen Augen).
Welch Geräusch!

Cagliostro.
Botschaft an Geister unter der Erbe! (Er schiebt den
hieroglyphisch bemalten Schrein näher an die Wand, geht dahinter
und öffnet dort eine maskierte Thür). Wisse, o Sohn des Staubes,
daß ich ringen muß mit dem Engel des Lichts und der
Finsternis in brünstiger Verzückung, ehe ich Dein Begehr
erfülle!

Rohan.
Ich werde sie selber sehen, oder ist's nur ihr Bild?

Cagliostro.

Ihr lebendiges Bild!

Rohan.

Aber ich sagte nie, wer —

Cagliostro.

Kleingläubiger, das mir?! Lang, lang ist's her, daß ich in Deinem Busen las in Flammenschrift den Namen Deiner heimlichen Flamme! (Hinter der Szene leises Glocken= läuten, dann Zymbeln, dann Wehklagen.) Ha, so seid ihr am Werk, geschäftige Maurer des Weltalls! Willkommen, will= kommen!

Rohan.

Mir schaubert.

Cagliostro.

Ihr, ihr seid es, die ihr an die Wände schreibt im Phosphorschein Belsazar's Mene Mene Tekel Upharsin! O, was seh ich in der Zauberflasche voll heiligen Wassers! Gebilde steigen auf und ab . . ein Königshermelin, ein Kardinalshut . . wie, was ist das? Ein Portefeuille, in rothen Saffian gebunden, mit einer Lilie darauf gestickt

Rohan (gierig).

Ein Minister=Portefeuille?

Cagliostro.

Das wird's sein . . ja, so ist's . . auch Diamanten sehe ich funkeln . . ah, und nun alles im rosigen Schimmer!

Rohan.

Glück?

Cagliostro.

Ich weiß nur eins: Unendliches Glück, zum Wohle Frankreichs und der Menschheit, zum Ruhme des höchsten Wesens.

Rohan.

Ist's wahr, ist's wirklich? Werde ich erlangen, was ich ersehne?

Cagliostro.

Du wirst. Ah, was seh' ich! Du wirst zur höchsten Gunst gelangen. Und durch welche Mittel? Ah, ich seh' es! Vernimm das Orakel!

Rohan.

Hätte ich zehn Ohren, sie lauschten alle.

Cagliostro.

Im Elend eine mächtige Beschützerin! Eine treue Freundin! (Durch das offene Löwenmaul schnurrt ein Billet nach oben.)

Rohan.

Ist's möglich?

Cagliostro (schließt das Löwenmaul und nimmt das Billet.)

„Alles fertig. Die Lamotte ist da." (Während der letzten Zeit haben sich Weihrauchdämpfe aus der geöffneten maskierten Thür verbreitet. Cagliostro schiebt den Schrein bei Seite und ruft) Öffne die Augen! (Die Dämpfe senken sich und man sieht durch die geöffnete Thür auf einem Canapé eine Dame in Brokatgewand schlafend.)

Rohan (dorthin blickend, springt auf).

Sie — sie selbst! (flüsternd) Die Königin!

Cagliostro.

Tritt näher heran — es ist kein Blendwerk, sondern lebendig Fleisch und Blut. Aber nun nicht weiter vor! Ein unheiliger Schritt kann den Zauber brechen.

Rohan (in dem Anblick schwelgend).

O Venus, o Juno, o Minerva, alle verschmolzen in einer Majestät! Ha, dürft' ich hoffen —!

Cagliostro.

Ich errathe. Sprich, Schöne, (er macht magnetische Manipulationen in der Luft) wirst Du diesen Mann lieben? (Die Erscheinung breitet in wollüstiger Extase die Arme aus und fällt dann schlafend zurück). Hast Du nun Antwort?

Rohan (mit ausgebreiteten Armen).

O ist es so, welch' namenlose Wonne —! (Dämpfe steigen plötzlich auf und verschleiern Alles. Pause.) Als sie sich senken, ist die geheime Thür geschlossen.) Wie, die leere Wand? Alles verschwunden wie ein Traum?

Cagliostro.

Nein, wie ein Abbild kommender Wirklichkeit. (Man pocht rechts.) Was giebt's, wer stört die heilige Betrachtung?

Lamotte (h. d. Szene).

Verzeihung, mein Herr. Man wies mich hierher, den Grafen Cagliostro zu finden. Ich bin die Gräfin von Lamotte-Valois.

Cagliostro.

Einen Augenblick Geduld, Madame! (zu Rohan) Kennen Sie diese Dame?

Rohan (noch ganz wirr von dem Erlebten).

Wer, was? Ach die! Ja sie schrieb an mich um Unterstützung . . .

Cagliostro.

Auch an mich. Sie würden mich verpflichten, lieber Freund, wenn Sie mit Ihrem diplomatischen Scharfblick ihre Ansprüche zuerst prüften. Ich bin allzu erschöpft von den Wehen der Beschwörung — Sie verpflichten mich, wenn Sie an meiner Stelle die Dame empfangen.

Rohan.

Lieb ist mir's gerade nicht. Sie begreifen, ich bin noch ganz aufgeregt — doch Sie haben ja nur zu gebieten.

Cagliostro.

Dank! (nach rechts) Madame, vergeben Sie, wenn unaufschiebbare Arbeit mich hindert, Sie sogleich zu begrüßen. Einer meiner Freunde, ein Mann von höchstem Einfluß, wird mich vertreten; ihm tragen Sie getrost ihr Anliegen vor! Auf nachher, Madame! (geht rasch ab nach rechts. Die Lamotte klopft nochmals rechts.)

Rohan.

Herein! (Die Lamotte tritt ein und macht eine tiefe Reverenz vor ihm.)

Rohan (vornehm herablassend).

Ah! Sie sind also eine Valois?

Lamotte (kühl).

Jawohl . . soll ich sagen Monseigneur?

Rohan (nachlässig).

Sagen Sie ganz einfach „mein Prinz" oder auch „Eminenz", wenn Sie wollen.

4

Lamotte (verbeugt sich).

Ah! Mit wem habe ich die Ehre zu sprechen?

Rohan.

Ich bin der Kardinal von Rohan.

Lamotte (verbeugt sich tief).

Nehmen Sie nicht Platz, mein Prinz? (Beide setzen sich).

Rohan.

Wie ich höre, bestreitet man Ihre Abstammung nicht. Sie beziehen eine kleine Pension vom König . .

Lamotte.

So klein, Monseigneur, daß man davon verhungern kann. (Sie zieht wie zufällig die Bonbonnière heraus und spielt damit).

Rohan.

Sie erheben gewiß hohe Ansprüche, Madame.

Lamotte.

Ich bin als eine Valois geboren, wie Sie als ein Rohan.

Rohan.

Ich bin bewegt, so viel Reiz und Vornehmheit. welch' hübsche Büchse haben Sie da?

Lamotte (reicht sie ihm).

Ja, nicht wahr?

Rohan (öffnet die Büchse).

Ah, ein Portrait? — Ha!

Lamotte.

Was haben Sie, mein Prinz?

Rohan (verwirrt).

Hm, ha! Kennen Sie das Original dieses Portraits?

Lamotte (dreist).

O ja.

Rohan.

Darf man fragen —? Aber nein! Kurzum, woher haben Sie das?

Lamotte.

Es ist ein Geschenk.

Rohan.

Ich dacht' es wohl. Von —? (Lamotte schweigt und schlägt die Augen nieder). Seltsam! — Was ich sagen wollte, Frau Gräfin, es nimmt mich Wunder, daß man nichts für eine Dame von Ihrem Range that . . allerhöchstenorts.

Lamotte.

Ah, Eminenz, ein armer Verwandter gefällt nie.

Rohan (ausholend).

Und sollten Sie gar keine Protektion gefunden haben?

Lamotte.

O doch. In jüngster Zeit hat das Glück . . doch da hätt' ich mich beinahe verplappert . . (seufzt). Der König will mir nicht wohl.

Rohan.

Und die Königin? (Lamotte schweigt, wie oben). Ah, apropos . . (Die Bonbonnière, die er noch in der Hand hält, betrachtend). Mich däucht', ich sollte dies Frauenbildnis wohl kennen, der ich zehn Jahre Botschafter am Wiener Hofe

4*

war. Ja und in der That . . die Initialen „M" „T" . . ja, es ist die Kaiserin Maria Theresia.

Lamotte (haftig).

Mag sein. Ach bitte, geben Sie mir zurück . . ich war sehr thöricht . . doch wie sollte ich ahnen, daß Sie kennen . .

Rohan.

O, ich glaube sogar die Besitzerin dieses Kleinods zu kennen, welche Ihnen . . aber ist es denn möglich? Ah, Sie sind nicht offenherzig, Gräfin!

Lamotte (schnippisch).

Und Sie etwa, mein Herr Freund der Kaiserin Maria Theresia?

Rohan.

Hm, man sieht gewöhnlich ein Familienportrait, das Bild einer Mutter, nur in den Händen der . . Tochter. (Die Lamotte stößt einen kleinen Schrei aus). Nun denn ja, es ist heraus, ich habe es gesagt: Solche Bonbonnièren besitzt nur die Königin Marie Antoinette.

Lamotte.

O um Gott, Herr Kardinal, verraten Sie mich nicht! Es ist ein Geheimnis. Die hohe Frau wünscht nicht, daß man wisse . .

Rohan (begierig).

Was, Gräfin? (Er ergreift ihre Hand).

Lamotte.

O Monseigneur, Sie sind Fürst, Sie sind Edelmann, Sie werden eine schutzlose Frau nicht zu Grunde richten.

Nur unter dem Siegel beschworener Verschwiegenheit darf ich, da Ihr schauerlicher Scharfblick es erriet .. o Ihr Diplomaten!

Rohan (feierlich).

Rechnen Sie auf mein Schweigen und meine Teil= nahme.

Lamotte.

Nun denn! Ihre Majestät, dieser Engel des Himmels, gerührt durch mein Elend, bekümmert über die Strenge ihres hohen Gemahls gegen mich armes Wesen, geruhte mich zu sich emporzuziehen. Sie gewährte mir Zugang zu ihrem gnädigen Ohr und da — — die Bescheidenheit verbietet — ich bin nicht ohne Geist, Herr Kardinal, besonders als Anekdotenerzählerin soll ich einigen Witz entfalten ..

Rohan.

Kurzum, die Königin fand Gefallen an Ihrem Umgang. (Küßt ihr die Hand). Als treuer Unterthan wage ich ihrer Majestät nachzufühlen.

Lamotte.

Schmeichler! — Aber ach, ich habe nur Feinde am Hofe .. Sie, der glänzende Hofmann, kennen ja dies Meer von Kabalen, diese Scylla und Charybdis ..

Rohan (wiegt das Denkerhaupt).

Ach ja, wir kennen das, meine geistreiche Freundin. Darf ich Sie „Freundin" nennen?

Lamotte.

O Monseigneur! Wenn Ihre erhabene Seele mir etwas Sympathie zuwenden wollte, das wäre meinem wunden Herzen Balsam und Labsal.

Rohan.

Meine zärtliche Fürsorge wird Sie nie mehr verlassen, schöne Frau. — Aber Sie sagten, Ihre Unterredungen mit der Majestät . .

Lamotte (schwermütig).

Insgeheim und verstohlen. Es dürfte Ihnen nicht unbekannt sein, als ein den allerhöchsten Kreisen Nahestehender, wie hämisch man die erhabene Dulderin überwacht und belauert.

Rohan.

O daß sie doch wahrhaft ergebenen warmen Herzen vertrauen möchte!

Lamotte (fein).

Sie meinen — sich selbst, mein Prinz?

Rohan (verwirrt).

Ich? — O ich wage nicht . . Nun denn ja! Vernehmen Sie, daß Ihre Majestät ein Vorurteil nährt gegen mich, ihren treuesten Diener . . (Die Lamotte schüttelt sanft das Haupt.) Wie, was wollen Sie sagen, theure Gräfin?

Lamotte.

Ach, ich darf eigentlich nicht . .

Rohan.

Ich beschwöre Sie.

Lamotte.

Hm, kürzlich wurde von Allerlei gesprochen, unter Anderm auch von Monseigneur de Rohan . .

Rohan.

Was? O Melodie vom Himmel herab!

Lamotte.

Das konnt' ich nicht erfahren, woher der allerhöchste
Groll entstamme .. allein trotzdem ließ die hohe Frau der
ritterlichen Haltung und Gesinnung des Prinzen=Kardinals
volle Anerkennung widerfahren .. ich erinnere mich nicht
mehr genau, aber die Ausdrücke waren huldvoll, höchst
gnädig .. allerdings mit Vorbehalt.

Rohan (betrachtet sie voll Rührung, murmelt).

O Cagliostro, allwissender Meister! So hat sich Deine
Prophezeiung erfüllt, schon so bald! „Im Elend eine Be=
schützerin! Eine treue Freundin!" (laut) O, Madame, be=
fehlen Sie über mich! Ein Rohan dankt Ihnen.

Lamotte (naiv).

Was hab' ich denn gethan?

Rohan.

Reine, ehrliche Seele, vermischen wir die Ergüsse der
edleren Empfindungen! (Küßt ihr zärtlich die Hand.) Sie sind
eine Frau, die ich anbeten würde, wenn nicht (er seufzt).

Lamotte (lauernd).

Wenn nicht?

Rohan.

O nichts. Und ein solches Wesen soll im Elend
schmachten! Apropos, es nimmt mich Wunder, daß nicht
Ihre erhabene Protektorin ..

Lamotte (seufzt).

Ach, die arme Frau! Sie hat selber nichts. Noch
heut .. hörten sie nichts davon? Das berühmte Halsband
von Böhmer mußte abgewiesen werden ..

Rohan.

Gräfin, sprechen Sie es nicht aus, es ist entsetzlich. — Oh, beiläufig, empfangen Sie mich doch morgen Abend in Ihrem neuen Haus im Faubourg St. Antoine!

Lamotte (naiv).

Ein Haus, das mir gehört? Ich wußte nichts davon.

Rohan.

Aber ich. Ich bekomme ein Abendbrob, gelt? Laden wir uns gegenseitig ein! Mein Wagen wird Sie abholen. Ich kenne ja Ihre Abresse, Rue St. Claube, nicht?

Lamotte (lächelnb, halblaut).

Nr. 19. Ich banke — und werde nicht vergessen.

Rohan.

Ach, wenn Sie bei Hofe sind, so werden Sie unter neuen Ehren nicht an den armen Karbinal benken.

Lamotte.

Ich werde etwas Besseres thun: ich werde von ihm sprechen.

Rohan.

O Theuerste, wenn Sie in einer künftigen unschätzbaren Unterrebung ein gutes Wort für mich einlegten?

Lamotte (ziert sich).

Ein gutes Wort — o ja! (Von einem plötzlichen Gebanken ergriffen, lacht sie schelmisch auf.) O, Sie selbst sollen es sprechen, glückliche Eminenz — b. h. es schreiben! Ich werde die Ueberbringerin sein.

Rohan (küßt ihr die Hände).

Mein Schutzgeist, mein guter Engel! Gestatten Sie

dem Großalmosenier von Frankreich, daß er sich zu Ihrem persönlichen Großalmosenier ernenne. Adieu, meine edelmütige Freundin, adieu! (Ab nach links.)

Cagliostro (hinter der Szene rechts, die Thür öffnend). Nun, sind Sie zufrieden mit meinem Freunde?

Lamotte (rasch).

O, Herr Graf — ich spreche doch mit dem Herrn des Hauses?

Cagliostro (erscheint in der Thür).

Mit Cagliostro!

Lamotte (knixt tief).

O Er selbst, Er! Verzeihen Sie mein Stammeln — aber ein Schauer der Ehrfurcht — welch' Gefühl, einem der größten Männer Europas gegenüber zu stehen!

Cagliostro.

Ich zweifle nicht, Madame, daß Sie mir Dank wissen, weil ich Sie der Protektion eines so hohen Grandseigneurs empfahl. Als Entgelt möcht' ich jetzt Ihrer Protektion eine junge Dame empfehlen, die in meinem Hause Schutz gesucht vor den Stürmen der Welt, deren Ruf aber erheischt, daß ein weibliches Wesen sich ihrer annehme. Ich verlange nichts, als daß Sie ihr ein wenig Interesse widmen.

Lamotte.

Eine Liebe ist der andern werth. Ihr Wunsch ist mir Befehl.

Cagliostro.

Die junge Dame lebt für sich allein, es fehlt ihr an Verwandten. Sie wohnt am Boulevard ganz in Ihrer

Nähe, Sie können jetzt gleich auf dem Heimweg Bekannt=
schaft schließen. Abgemacht? (Nach rechts rufend.) Kommen
Sie, liebes Kind! (Von rechts Oliva in Brokatkleid, einen
schwarzen Ueberwurf darüber.)

Lamotte (zurückweichend, halblaut.)
Die Königin?!

Cagliostro (trocken).
Nein, Fräulein Oliva.

Lamotte.
Ah! (Küßt Oliva zärtlich und mustert sie scharf.) O, ich
fühle, ich werde Sie lieben! Gehen wir!

Cagliostro.
Adieu, meine Damen!

Lamotte (im Abgehen zur Oliva).
Es ist kühl, thun Sie recht dicht Ihren Mantel um.
(Halblaut.) Es könnten sonst Verwechselungen entstehen.

———

Viertes Bild.

Dieselbe Szenerie wie im vorigen Bild. — In der Mitte des Saales hängt am Gewölbe eine einzige Ampel, welche einen bleichen Schein wirft, der aber die Personen nicht genügend beleuchtet. In der Mitte ein Tisch und ein leerer Lehnstuhl, auf dem Tisch eine Bibel, ein Totenkopf und zwei gekreuzte Degen. — Ringsumher Menschen in allen Kleidungen, Bauern, Bürger, Aristokraten; jeder auf seinem Rock die Maurerschürze, sowie die weißrote Schärpe der Illuminaten. Alle maskiert. Unter diesen **Robespierre** und **Leelos**. — Vorn rechts in der Ecke Orleans in einfacher Maurerschürze ohne Schärpe, maskiert. — Tiefe Stille. Pause. Die maskierte Thüre öffnet sich und es erscheint Cagliostro, die Insignien vom Großkophta tragend: Ein Gürtel mit mystischen Zeichen, eine Tiara und auf der Brust einen silbernen Stern. Hinter ihm der Unbekannte, in schwarzer Kleidung, eine Halbmaske vor dem Gesicht, auf der Brust ebenfalls den Stern.

Gemurmel.

Der Präsident Großkophta! (Alle verneigen sich. Cagliostro setzt sich auf den leeren Stuhl. Der Unbekannte stellt sich hinter ihn. Cagliostro zieht einen silbernen Hammer hervor und klopft zweimal auf den Tisch. Pause.)

Cagliostro.

Meine Brüder, wir haben heute das Glück, in unserer Mitte den Generalbevollmächtigten aller Illuminaten-Logen zu begrüßen. Die hohen Grade unter Euch kennen mit Ehrfurcht seinen Namen unter den Auserwählten: Es ist der große Acharat.

Gemurmel.

Er selbst!

Robespierre.

Jener große Mann, dessen weltlicher Name unter den Profanen ein Geheimniß, Niemandem bekannt?

Der Unbekannte.

Er selbst, Maximilian Robespierre.

Robespierre (bebend).

Woher kennst Du mich?

Der Unbekannte.

Ich kenn' Euch alle. (Tiefe Stille). Ich bitte den erlauchten Großkophta die Sitzung zu eröffnen.

Cagliostro.

Ich sehe einen Bruder, der nur die Maurerschürze trägt, nicht die Schärpe der Illuminaten. Er fleht, in den geheimen Oberrath aufgenommen zu werden. Nähere Dich, Fremder! (Orleans stellt sich in die Mitte). Welches Alter hast Du unter den Profanen?

Orleans.

Vierzig Jahre.

Cagliostro.

Und welches Alter unter den Auserwählten?

Orleans.

Fünf Jahre.

Cagliostro.

Wie ist Dein Name unter den Profanen?

Orleans.

Louis Philipp, Herzog von Orleans.

Gemurmel der Versammlung.

Ah!

Robespierre (halblaut).

Noch mehr Prinzen unter uns? Wir haben schon genug.

Unbekannter (hat gehört, scharf).

Der Bruder Robespierre, Rechtsanwalt aus Arras, wird hiermit zur Ordnung gerufen. Er wagt zu murren und verfällt einer disziplinarischen Strafe im Wieder= holungsfalle. Wir sind hier allzumal gleich, Prinzen und Bauern, Einer für Alle, Alle für Einen.

Orleans (verbeugt sich).

Ich danke.

Unbekannter.

Fahre fort, Großkophta, mit der Erledigung des hei= ligen Ritus!

Cagliostro.

Wohlan, Herzog von Orleans unter den Profanen, wie heißest Du unter den Auserwählten?

Orleans.

Gleichheit.

Cagliostro.

Wirst Du wandeln auf dem Wege der Gleichheit?

Orleans.

Ja.

Cagliostro.

Jedes Hindernis, das sich der Befreiung der Welt widersetzt, wirst Du nach Maßgabe Deiner Kraft es stürzen?

Orleans.

Ich werde stürzen.

Cagliostro.

Bist Du bereit zu schwören den furchtbaren Eid?

Orleans.

Ich bin zu Allem bereit.

Cagliostro.

Schwöre alle Bande zu brechen, welche Dich ketten an irgend ein Wesen, dem Du Treue, Gehorsam, Dankbarkeit oder Dienstbarkeit gelobt hast!

Orleans.

Ich schwöre. (Gemurmel der Anwesenden.)

Cagliostro.

Schwöre Ehrfurcht und Achtung dem Dolch und dem Gift der Aqua Tofana, als einem sichern schnellen und notwendigen Mittel, um das Erdreich durch den Tod aller derer zu reinigen, welche die Wahrheit unterdrücken.

Orleans.

Ich schwöre es vor dem Stuhl des Meisters, auf Bibel, Totenkopf und blanken Stahl.

Cagliostro.

Sei der Stahl Dir eine Warnung, daß der Blitz nicht schneller trifft, als den Verräter das unsichtbare unvermeidliche Messer.

Unbekannter.

Du bist nun aufgenommen, Bruder Philipp Gleichheit, in den obersten Geheimbund der Erleuchteten, in das Große Mysterium. Es ziemt sich, daß Du genau erfahrest, wohin jener Pfad des Lichtes führt, welchen die Gesellen und Meister der unteren Logen in blindem Gehorsam wandeln, bis ihnen vor dem Hohen Rat die Binde fällt. Weißt Du, Philipp von Orleans, wie der Wahlspruch lautet des Heiligen Bundes?

Alle (gemeinsam).

Tritt die Lilien mit Füßen!

Orleans (bebend).

Die Lilien? Das Wappen —

Unbekannter (mit schrecklicher Stimme).

Deines Hauses, ja, Philipp von Orleans, genannt „Gleichheit", das Wappen der Könige von Frankreich.

Orleans (faßt sich).

Das Wappen der Bourbons, meint ihr. Das ist nicht das meinige. Ja, ich will und werde sie mit Füßen treten, diese Lilien.

Unbekannter.

In diesem Sinne weiterzuwirken, schwöret hier nochmals, ihr Alle, in Gegenwart des obersten Bauherrn und Eurer Obern!

Alle.

Wir schwören. (Alle drängen sich um die Estrade, ziehn die Degen und halten dieselben kreuzweis hoch überm Haupt des Großkophta, welcher wieder zweimal mit dem Hammer auf den Tisch klopft.)

Cagliostro (das Haupt neigend).

Hier unter der mystischen Ehrenpforte, unter dem Stahlbogen gekreuzter Degen erkläre ich diese Sitzung für aufgehoben. Zugleich verkünde ich als Ergebnis der letzten Verhandlungen der Logen-Ältesten der 3 Kreise von Paris: erstens, daß 5000 erprobte Brüder in Paris zu versammeln, zweitens, daß 500 000 Livres aufzubringen sind, um eine verstärkte Geheimpolizei für den Großkophta zu bilden, zur Abwehr der verräterischen Umtriebe der besoldeten Spitzel der sogenannten Regierung. — Ihr seid entlassen, meine Brüder! Kämpft, pilgert, predigt! (Alle verneigen sich und verlassen einer nach dem andern nach rechts und links den Saal. Orleans bleibt in sich versunken stehn.)

Unbekannter (ihm die Hand auf die Schulter legend).
Nun, Herr Bruder von Orleans?

(Cagliostro geht an das Löwenmaul und drückt dort auf eine verborgene Klingel. Im Lauf der folgenden Gespräche kommen Bediente, welche alle Illuminaten-Apparate wegtragen und statt dessen den Tisch decken wie für ein Gastmahl.)

Orleans (auffahrend).
Ich habe geschworen und unterwerfe mich jedem Gebot.

Unbekannter.
Ich an Ihrer Stelle würde einige Zeit ins Ausland gehn.

Orleans.
Selbstverbannung? Gut, ich gehe nach London.

Unbekannter.
Teufel, das wird Aufsehen machen und gegen die Königin erbittern.

Orleans (verneigt sich und stürzt hinaus. Zwischen den Zähnen).
Und mein Sohn wird doch König sein! (Ab.)

Unbekannter.
Philipp „Gleichheit" — er sollte sich lieber „Gleich=
gewicht" taufen. Schwankt zwischen Volk und König hin
und her, Verräther an Beiden.

Cagliostro.
Wenn Du ihm mißtraust, warum ihn aufnehmen?

Unbekannter.
Jetzt ist er noch sicher. Sein Bürge heißt Rache.
(Winkt Leclos, der in einer Ecke wartend zurückgeblieben ist.)
Leclos, nähere Dich! (Er nimmt die Maske ab.) Wir haben
Dich durch unseren Einfluß, der sich durch alle Schichten
der europäischen Gesellschaft erstreckt, als Kammerdiener in
die Nähe der Königin gebracht und verlangen als Entgelt
nichts, was wider Ehr' und Gewissen, sondern nur, daß
Du uns auf dem Laufenden erhältst.

Leclos.
Großer Acharat, ich habe mich bemüht, nützlich zu sein.

Unbekannter.
Dein Wink in Sachen Orleans war von Wert. —
Ich trug Dir auf, Deinen Bekannten Billette, Pamphletist
und Journalist, den Freund der Gräfin Lamotte, zu kul=
tiviren. Die Lamotte streicht häufig in Versailles um Deine
Dienstwohnung herum und schmeichelt Dir, nicht?

Leclos.
So ist's. Und jetzt hat sie, wie ich mir vor der
Sitzung anzudeuten erlaubte, die Bitte kundgegeben, ich

5

möchte sie doch bei Nacht mit einer Freundin ein Viertel=
stündchen im Park vor dem Pavillon der Königin spazieren
gehen lassen.

Unbekannter.

Mit einer Freundin? Ah!

Leclos.

Ich möchte der Schildwache sagen, es seien Freunde
von mir und man möge sich um irgendwelches Geflüster
nicht kümmern.

Unbekannter.

Geflüster? Ah!

Leclos.

Sie ließ durchblicken, es möge wohl ein kurzes Liebes=
rendezvous an der Parkmauer stattfinden.

Unbekannter.

Liebesrendezvous? Ah! — Ist die Parkmauer leicht
zu überklettern, ohne Aufsehen zu erregen?

Leclos.

Dieselbe Frage stellte an mich die Lamotte. Allerdings.
An einer kleinen, mit Farnkraut überwachsenen, ver=
nachlässigten Thür.

Unbekannter.

Sehr gut. Du wirst alle Wünsche der Lamotte er=
füllen. Und — unverbrüchliches Schweigen, was auch
kommen möge!

Leclos.

Zu Befehl. (ab nach links.)

— 67 —

Unbekannter.

Es ist, wie ich ahnte.

Cagliostro.

Ich begreife nicht —

Unbekannter.

Ist auch nicht nöthig. Horch, im Hofe Wagenräder! Deine Gäste! (Die Bedienten haben Armleuchter hereingebracht und den Tisch mit Wein und Schüsseln bedeckt.) Meine Kombination glückt auf allen Punkten. Diese Lamotte ist ein Genie, ein weiblicher Cagliostro.

Cagliostro.

Oho!

Unbekannter.

Sie bereitet ein neue Theatercoulisse vor. Das ist eine Künstlerin in Schürzung des dramatischen Knotens.

Cagliostro.

Bah, diese harmlose Fliege!

Unbekannter.

Es giebt auch giftige Fliegen.

Cagliostro.

Du hätt'st mir Rohan auch allein überlassen können? Sie kostet ihm schon ein Heidengeld. Ich protestiere.

Unbekannter.

Ah, schon Gütergemeinschaft mit Deinem Seelenfreunde? Überlaß das mir und gehorche gefälligst Deinem Obern, mein guter Großkophta!

Cagliostro.

Ja ja, Alter, sei wieder gut! Ich unterwerfe mich.

5*

Unbekannter.

Sst, man kommt. (Er verschwindet durch die maskierte Thür. Von rechts kommen fast zugleich **Rohan**, die **Lamotte** und einige Herren und Damen herein, von Cagliostro's Bedienten geführt, welche ihnen Sessel an den Tisch schieben und sonstwie aufwarten).

Cagliostro.

Willkommen, willkommen! Gesegnet sei Euer Eintritt! (Komplimentierungen). Teurer Karbinal! — Ah, unsere heitere bezaubernde Gräfin! (Alle setzen sich, Rohan und Lamotte etwas abseit an einer Ecke des Tisches.)

Lamotte.

Sehr liebenswürdig, verehrter Meister, mich einzuladen!

Cagliostro.

Die Freundin meines Freundes! — Setzen wir uns, Geliebteste meines Herzens, zum fröhlichen Abendmahle, auf daß die Ergüsse der edleren Empfindungen uns berauschen! (Schenkt ein.) Tokaier gefällig?

Rohan (leise zur Lamotte).

Alles geht gut? Wie nahm die hohe Frau meinen letzten Brief auf?

Lamotte.

Huldvollst. Die Dinge sind im besten Gange. Die Kronprinzessin nahm einst etwas von Monseigneur übel, aber die Königin vergaß es nun so ziemlich. Sie ist ja nicht unerbittlich, Gott behüte! So frei, so gutherzig!

Rohan.

Ach, wenn ich hoffen dürfte —!

Lamotte.

Nur diese abscheulichen Hofschranzen umlagern sie, all

diese gierigen Leute, Feinde des Herrn Karbinals. Ach ja, das quält sie .. und dann bisweilen der Gelbmangel ..

Rohan.

Sie sagen das so eigen! Hm, wir sprachen ja neulich davon .. glauben Sie wirklich, sie verlange nach diesem Halsband, von dem so viel gemunkelt wird?

Lamotte.

Haha, wer ihr diese Diamanten auf den Putztisch legte, dürfte wohl die Gegenquittung in seiner Ernennung zum Minister empfangen. Doch das sind ja Träume. Sprechen wir nicht mehr davon.

Rohan.

Im Gegenteil, sprechen wir davon! Sie meinen also, Gräfin, daß unsere königliche Herrin nur wegen eines gewissen knauserigen hohen Herrn nicht wagt, es zu kaufen?

Lamotte.

O, lassen wir das! Meine persönliche Vermutung nichts weiter!

Rohan.

Erkundigen Sie sich weiter danach, wollen Sie?

Lamotte.

Von ganzem Herzen. Worin ich Ew. Eminenz nützen kann —

Rohan.

Wohl, liebenswürdige Frau, Sie können mein Glück machen. Ja, hm, das Halsband .. wäre es wohl einem Sterblichen erlaubt, sich in diese Affaire zu mischen?

Lamotte (ganz erstaunt).

Ah, jetzt sehe ich Sie kommen, mein Prinz, daran hatte ich noch nie gedacht. (Wie nachdenkend.) Warum nicht? Die Königin kann ja auch bezahlen, nur nicht auf einmal .. in Terminen. Aber sie selbst darf bei dem Geschäft nicht betheiligt erscheinen. Ja, wenn ein Anderer an ihrer Statt den Handel abschlösse!

Rohan (feierlich).

Dieser Andere bin ich!

Lamotte.

Sie? O bedenken Sie wohl —! Selbst wenn ich an höchster Stelle auf Monseigneur hindeuten würde — was thut man nicht aus Freundschaft! — so fürcht' ich, man würde Ihre Diskretion in Zweifel ziehn.

Rohan (bläht sich auf).

Meine Diskretion? Ein Rohan!

Lamotte.

O mir scheinen Sie der zartsinnigste, bezauberndste Mann, dem ich gerne dienen möchte. Doch nur durch scharfsinnige Schlüsse haben Sie, der gewiegte Diplomat, mir abgemerkt .. Kurz, ich möchte mit der ganzen Geschichte offiziell nichts zu schaffen haben.

Rohan.

Genug, genug, Madame soll nicht belästigt werden. Ich bürge für alles. (küßt ihr die Hand.) Ist's so recht, meine schlaue Beschützerin?

Lamotte.

Ach, Herr von Rohan, Sie sind ein Muster von Takt

und Zartgefühl. (zieht einen Brief hervor und reicht ihn heimlich.)
Sollen auch belohnt werden.

Rohan.

Von ihr?!

Lamotte.

Schon das dritte Billet, das Ihnen die Königin sendet,
Beneidenswerter!

Rohan (küßt heimlich den Brief).

Wie das duftet! Und welcher Chic, welche Grazie!
Immer vergoldetes Papier, mit seidenen Fäden umwickelt!

Lamotte.

Aber erst der Inhalt — ich glaube ihn zu kennen.
Ja, Sie sind am Ziel Ihrer Wünsche.

Rohan.

Ein Rendezvous?

Lamotte.

Still!

Cagliostro (der, in der Mitte der Tafel sitzend, sich lebhaft unter=
hielt, jetzt laut mit priesterlicher Handbewegung).

Ja, ihr getreuen, ihr gläubigen Herzen, suchet mich zu
verstehen! Ich sage oft Dinge, die ich nicht zu sagen
scheinen will, darum scheine ich oft Anderes zu sagen, als
ich sage.

Alle (sich verbeugend, durcheinander).

Welcher Abgrund, welche Mystik! Schrecklich erhaben!

Rohan (rasch, heftig).

Meister, großer Meister, ich flehe Sie an um eine
Gunst Ihrer Seherkraft. Künden Sie mir: Wie wird das
enden, was ich soeben in Gedanken beschloß?

Cagliostro (stellt eine Wasserflasche und einen Armleuchter vor sich hin und manipuliert).

Ah — hm — ha! Siehe, ich verkündige Euch große Freude! Alles wird ausschlagen zum Wohle Frankreichs, Verbreitung allgemeinen Glücks und Monseigneurs ganz besonderem Ruhme!

(Gruppe.)

Fünftes Bild.

Dieselbe Szene wie im 1. Bild. — Nacht. -- Im Pavillon, der matt erleuchtet: **Königin, Lamballe, Breteuil, Calonne** plaudernd. Erstere trägt ein weißes Kleid. — Auf der Terasse geht eine Schildwache auf und ab.

Königin (heiter).

Ich erkläre, Herr v. Breteuil und Herr v. Calonne sind die unterhaltendsten Leute in meinen Landen. Mein Plauderstündchen nach dem Souper, eh' der König zur Kartenpartie befiehlt, entschädigt mich für alle tägliche Langeweile. Der Herr Finanzminister weiß allen Klatsch und der Herr Großsiegelbewahrer alle Polizeigeheimnisse. — Also diese Abenteurerin Lamotte ist eng liiert mit meinem Feinde Rohan?

Calonne (lächelt).

Pardon, Majestät täuschen sich wohl. Der Prinz Erzbischof betet schöne Frauen an und gewiß in stiller Ehrfurcht die schönste Frau Frankreichs! (Verbeugt sich).

Königin.

Immer ein Schmeichler, Herr v. Calonne! — Ach ja, er betet mich an. Nachdem er als französischer Botschafter mich in Wien vernachlässigt und Alles versucht hat, um meine Vermählung mit dem Dauphin von Frankreich zu hintertreiben, bemerkte er eines Tages, daß ich seine Königin war. Der liebe Mann fiel aus den Wolken. Ihm bangte

für seine staatsmännische Zukunft. Nun, er hat ja die hohe
Schule durchgemacht, der Prinz-Diplomat, und sein Gewerbe
lehrt ihn, Denen am meisten zu schmeicheln, die man am
meisten fürchtet.

Calonne und Breteuil (sich lachend verbeugend).
Wir armen Diplomaten!

Königin.
Die Anwesenden immer ausgenommen, meine Herren!
Nun, Prinz Rohan hielt mich für albern genug, seine
Seufzer nicht zu begreifen. So schmachtet er mich denn seit
Jahren aus der Ferne an, — just als wäre ich ein Minister-
Portefeuille.

Lamballe.
Ach Majestät, er hat doch seine Vorzüge. Ein schöner
Mann . .

Königin.
Ei, meine sanfte Cousine, gefällt Ihnen das, wie er
an kirchlichen Zeremonientagen seine schöne Hand mit dem
Hirtenring vor den andächtigen Augen umherschwenkt? —
Ja, Sie lachen! Mir ist dieser verliebte Hirte, der die
Lämmlein für sich selber scheert, in hohem Grade zuwider.

Calonne.
Wenn er das hörte! Er versucht immer wieder, seine
Anbetung zu Ew. Majestät Füßen niederzulegen.

Königin.
Er geniert mich ungemein.

Breteuil.
Gewiß war er sehr strafbar, der Königin zu mißfallen.

Königin.

Er hat mir nicht mißfallen, er hat mich beleidigt.

Breteuil.

Darf man unterthänigst fragen —?

Königin.

Man darf. Als er Botschafter in Wien war, — schon sein unglaublicher Aufwand mißfiel mir, 24 Pagen von edler Geburt in scharlachroten Kleidern begleiteten ihn überall, — hat er gewagt, eine Depesche nach Paris zu senden, welche meine erhabene Mutter bespöttelt.

Breteuil.

Ist's möglich!

Königin.

Ich zitiere nur mit Indignation. „Maria Theresia steht mit der einen Hand am Schnupftuch da, um Polen's Unglück zu beweinen, mit der andern am Schwert, um Polen in Stücke zu hauen." Pfui! — Und ferner hat er gewagt zu erklären, als guter Franzose sehe er jede Verbindung mit Oesterreich für ein Unglück an. Ei, was für ein Geschöpf ist eigentlich diese Lamotte?

Breteuil.

Als kleines zerlumptes Mädel sammelte sie Reiser im Bois de Boulogne. Ihr Vater, gestrenger Herr auf und zu Fontette, starb im Armenhospital. Er mußte sogar seine — ah pardon!

Königin.

Nur zu! Wir sind nicht prüde.

Breteuil.

Seine Unaussprechlichen versetzen. (Alle lachen).

Lamballe.

Ach, die arme Person! Geben Sie mir ihre Adresse!

Calonne.

Edle Prinzessin, Ihre Mildthätigkeit kommt zu spät.
Der Kardinal hat sich mit echt christlicher Liebe ihrer ange=
nommen. Sie hat ein pikantes Gesicht.

Königin.

Ach, sei'n Sie nicht immer so zweideutig, Herr von
Calonne! Und was sagt ihr Mann dazu?

Calonne.

Der! Ein dunkler Ehrenmann in einer Provinzgarnison,
der sie aus Spekulation geheiratet hat, alles wegen des
bewußten ominösen Wörtchens „Valois“. Sie schickt ihm
Geld und damit holla.

Königin.

Bah, wozu existirt ein solches Geschöpf?

Calonne (zuckt die Achseln).

Um die Rolle der Enterbten zu spielen. Eine recht
dankbare effektvolle Rolle.

Coigny (von rechts, in Gala).

Se. Majestät der König lassen fragen, ob Ihre Majestät
geruhen wollen, sich im grünen Saal zum Kartenspiel ein=
zufinden.

Königin (gähnt leicht).

Mit Vergnügen. (Alle ab nach rechts. Pause. Dann kommt
Leelos von links und spricht leise mit der Schildwache. Diese geht

langsam mit Lerlos in den Hintergrund ab. Pause. Dann kommen Lamotte in einem schwarzen Domino, Oliva in weißem Mousselin-Kleid, von rechts um den Pavillon herum. Sie sprechen mit gedämpfter Stimme.)

Lamotte.

Die Nacht ist ungemein dunkel. Wir haben Glück. Liebe Kleine, seien wir uns klar über die Situation! Wir machen uns eine kleine unschulbige Unterhaltung. Ich erzählte Ihnen von dem Mundschenk der Königin, der in seine Herrin verliebt und ein wenig verrückt ist, aber sonst ein sehr angenehmer Kavalier. Nun, die Königin amüsiert sich köstlich darüber! Wir wollen uns ein bischen über den armen Jungen lustig machen und ihn so mystifizieren, daß er an eine Liebeslaune seiner Herrin für ihn glauben soll.

Oliva (zögernb).

Ja, das ist putzig, aber .. ist nicht etwas Gefährliches dabei?

Lamotte.

Im Gegenteil, mein süßer Schützling, werden Sie sich bamit bei einer gewissen hohen Person insinuieren .. hm, man wird vielleicht dem Scherz durchs Gebüsch zuschauen .. hinter einer Hazebuche .. boch ich habe nichts gesagt.

Oliva.

Ah, steht es so, na, ba bin ich dabei.

Lamotte.

Sie haben doch genau behalten, was Sie zu sagen haben? — Sst, hören Sie nichts? Ja, er kommt. (Sie schlüpfen nach rechts hinter den Pavillon. Pause. Dann kommt

haſtig, aber mit ängſtlicher Vorſicht, **Rohan** von links, in blauem
Überrock mit tief herabgezogenem Hut.)

Rohan (ſich umſehend).

Hier iſt's. — Ich hab' mir etwas das Knie geſchunden
beim Überklettern der Mauer .. ach, man iſt nicht mehr
jung wie ein Page. — Welche Nacht! Alle Roſen ſchließen
ihre Kelche, nur die Roſe der Roſen wacht. Horch,
Schritte! Es ſchwebt heran in weißem Gewand, feiner als
Mondſchein — ha, ha!

Lamotte (von rechts auf ihn zueilend, haucht).

In der Hagedornlaube! (Zieht ihn dorthin. Oliva von
rechts wandelt auf ihn zu. Lamotte eilt nach rechts.) Ich werde
wachen!

Rohan (vor Oliva auf die Kniee ſinkend).

Im Staube knieend laſſen Sie mich, erhabene Fürſtin,
den Saum Ihres Gewandes und Ihre Schuhe mit Küſſen
bedecken —

Oliva (haucht leiſe).

Ich ſehe Sie in einem neuen Lichte, zärtlich, ergeben ..

Rohan.

Bis in den Tod!

Oliva.

Jenes kleine delikate Geſchäft, das unſre Gräfin er=
klärt haben wird ..

Lamotte (ſtürzt athemlos nach links).

Man kommt.

Oliva (läßt eine Roſe fallen).

Sie wiſſen, was das zu bedeuten hat.

Lamotte.

Fort, fort! (Beide entfliehen nach rechts.)

Rohan.

Diese Rose — o ein Etui soll sie umschließen aus
Perlen und Smaragden! (Ab nach links.)

Lamotte (allein, nach vorn kommend).

Ist er weg? Wohl bekomms! (Ballt die Faust nach dem
Pavillon.) Murre nur, dummes Volk — eine aus Königs=
blut muß kommen, um dich zu rächen. Ist's der Teufel,
der mich treibt, oder ist's . . (schaudernd) Gott?! (Ver=
schwindet im Dunkel. Pause. Dann kommt die Schildwache
wieder und macht die Runde vor dem Pavillon.)

Sechstes Bild.

Zimmer der Lamotte, behaglich eingerichtet. Rechts und in der Mitte eine Thür. Links ein Alkoven mit einer Glasthür. In der Mitte ein Tisch, an welchem Böhmer und die Lamotte sitzen. Beide stehn eben auf und Böhmer verabschiebet sich an der Mittelthür.

Lamotte.

Die Sache ist also perfekt?

Böhmer.

Abgeschlossen bis auf's J = Tüpfelchen. Ich komme soeben vom Palais Kardinal, wo ich das Kleinod in Monseigneurs Hände niederlegte.

Lamotte.

Ah, ich gratuliere, Herr Böhmer. Nicht vor Vielen senken sich die Hellebarden der Heiducken vor dem Palast dieses erlauchten Fürsten.

Böhmer.

O Frau Gräfin, wir werden uns der Auszeichnung würdig erweisen. Eminenz beehrten uns mit vertraulicher Besprechung in höchstihrem Audienzsaal, rotausgeschlagen mit Seide und Damast . .

Lamotte.

Nochmals meinen Glückwunsch. Sie werden noch Hausfreund werden im Palais Rohan!

Böhmer.

Frau Gräfin sind zu gütig. Wir sind zufrieden.

Lamotte.

Hm und strengste Diskretion, nicht wahr? Sie er=
zählen Jedermann, das Halsband sei verkauft —

Böhmer.

An die Favoritsultanin der Hohen Pforte, hehehe.
Nun, wenn Eminenz Rohan auch nur der Scheinkäufer, so
bürgt er ja. Wir sind zufrieden. Gestern Abend über=
brachte uns ein Kourier eine Verschreibung in aller Form . .
leider darunter nur das! (Zeigt einen Wechsel) „Gut. Marie
Antoinette von Frankreich.“ Eigenhändige Unterschrift
allerdings . .

Lamotte.

Ach, es hat unsägliche Mühen gekostet . . Ihrer Maje=
stät Unbekanntschaft mit Geschäften . .

Böhmer.

Nun ja, begreife . . Wir werden Ihnen erkenntlich
bleiben, Frau Gräfin.

Lamotte (vornehm).

Ich muß sehr bitten . . mich bewegt nur meine
Freundschaft für den edlen Prinzen. Die hohe Frau be=
merkte noch in ihrem letzten Schreiben an ihn: „Geheim=
haltung, Behutsamkeit!“

(Böhmer legt den Finger auf den Mund, verbeugt sich, ab.)

Villette (von links aus dem Alkoven tretend, verkleidet als Kammer=
diener Leclos, rasch eintretend, äfft die letzten Worte der Lamotte
nach.)

„Machen wir diese Angelegenheit unter uns ab! Man
wird es nicht zu bereuen haben.“

6

Lamotte (lacht).

Welch' Gedächtnis für so erhabene Königsworte!

Billette (lacht).

Ich werde doch meinen eigenen Stil kennen! — Nun, sehe ich gut aus, he? Gestern geheimnisvoller Kourier, heute Kammerdiener!

Billette.

Haha, wenn nur kein Alibi nachgewiesen wird! Leclos hat um diese Zeit im Schlosse Dienst.

Lamotte.

Als ob es je zu solchem Nachweis kommen könnte!

Billette.

O, ich verstehe Ihr Spiel vollkommen. Und Sie meinen, wenn ich nun in England die einzelnen Juwelen losschlage, wird Niemand Verdacht schöpfen?

Lamotte.

Wie sollte man! Treibt man Sie in die Enge, so gestehen Sie unverfroren: das seien Geschenke der gütigen freigebigen Königin an ihre treue Dienerin Lamotte . · vermuthlich als Belohnung geheimer Dienste . .

Billette (lacht laut).

Sehr geheimer! O, Sie sind kostbar, meine hoch= geborene Freundin!

Lamotte.

Und Sie unschätzbar . . als Urkundenmeister.

Billette.

Oder Handschriftenfälscher, wie die boshafte Welt es nennt. Darauf steht Galeerenstrafe. Doch was thut man nicht für seine Freunde und besonders eine solche Freundin!

Lamotte.

Und besonders für solche Juwelen, nicht wahr? Sie haben Ihren Anteil reblich verdient. Ihre Autographen in der Handschrift unserer edlen Königin flößen mir Respekt ein.

Billette.

Und darauf wieder die Antworten Rohans, diesmal authentisch — o, eine Lektüre für Götter!

Lamotte (lacht).

Er wird immer hitziger, der Graukopf.

Billette.

Und Sie stellen Ihr Prognostikon nach diesen seelischen Eingeweiden mit dem Ernst eines Auguren — superbe! Sagen Sie doch, was macht denn unsere Oliva?

Lamotte.

Kenne keine Dame dieses Namens. Sollten Sie etwa die berüchtigte Oliva meinen, diese Tochter der Sünde, so hat ein Geschöpf dieses Namens allerdings unbegreiflicherweise schon dreimal in dieser Woche mich mit einem Besuch beehrt. Ich war natürlich nie zu Hause.

Billette (lacht).

Undank ist ein Vorrecht der Könige und Sie sind aus königlichem Blut. Jetzt merkt man, daß Sie eine echte Valois, brauchen wir weiter Zeugnis? — Arme Oliva! Doch, Verehrteste, vergessen Sie nicht: Kommt die Sache je aus, wird sie erbittert gegen uns zeugen.

Lamotte.

Um sich zu verderben? Die Majestät der Königin darf selbst im Bilde nicht beleidigt werden. Übrigens kann die

6*

Sache ja nie auskommen, weil jeder Teil den öffentlichen
Eklat zu fürchten hat.

Billette.

Ja, aber bei der ersten Terminzahlung, am Tag vor
Himmelfahrt Mariä —

Lamotte.

Sind Sie mit den Juwelen über alle Berge. Und ich
werde mit größter Ruhe die Entdeckung abwarten, um dann
alle Minen gegeneinander springen zu lassen. Die Königin
darf nichts thun, wenn sie nicht völlig den Verstand verlor.

Billette.

Hm, die sich rein fühlende Unschuld ist manchmal ver=
rückt. Nun, wir werden ja sehen. Aber sagen Sie doch,
meine Gute, wenn ich Ihnen nun durchginge, was dann?

Lamotte.

So würde ich Sie einfach des Diebstahls und Raubes
bezichtigen, mein Guter. Sie würden dann Alles allein aus=
baden. Ich würde als Intriguantin vielleicht gefaßt, Sie
aber als Fälscher und Dieb zum Galgen begnadigt.

Billette (lacht).

O Sie Meisterin! Sie hat jeden Trumpf in Händen.
Aber warum fliehen Sie nicht selbst ins Ausland?

Lamotte.

Daß ich toll wäre! Damit die Sache sofort auskommt
und dann durch meine Flucht meine Schuld erwiesen, jede
Mitschuld von den Andern abgewälzt würde? Ich trotze
und will als vornehme Dame später ins Ausland wandern,
nicht als Verurteilte.

Billette.

Alle Achtung! Und wie werden Sie Rohan so lange von der Königin fernhalten, um eine Aussprache und Entdeckung zu vermeiden?

Lamotte.

Laffen Sie mich nur machen! Wozu habe ich Ihnen die letzten vier Billets bestellt, die ich auf Lager halte?

Billette.

Die launenhaften verdächtigen Billets? Ich verstehe. Ach du lieber Himmel, wie wird sich der Verliebte wieder mit Phantasmen herumschlagen! Cagliostro mit der Wasserflasche und den drei Lichtern wird nicht zu Athem kommen. Aber daß auch Böhmer so absolut nichts merkt!

Lamotte.

Was wollen Sie! Der Mensch thut viel, ehe er sich ersäuft! Böhmer hält sich an einen Strohhalm, um sein Halsband loszuwerden. Die fire Idee Rohans und die fire Idee Böhmers, das sind zwei Pulverfässer und ich bin der Luntendraht.

Billette.

Und Sie glauben unbehelligt durchzuschlüpfen bei der Explosion?

Lamotte.

Wie, ist nicht Cagliostro da? Er hat ganz Europa übertölpelt, dieser dummdreiste, gefräßige Lump, aber ich werde ihm zeigen, was eine Valois vermag. Ja, ja, ich habe so meinen Plan.

Billette.

Unvergleichliche Frau! — Horch, man kommt! Das

ist er! — Glückauf! Die bezauberte Diamantfrucht ist also reif geschüttelt und fällt in Ihren Schooß. Auf Wieder=sehen, Circe, am Gestade des freien Albion! (Billette rasch ab nach rechts. Pause. Dann tritt **Rohan** durch die Mittelthür ein, in einen langen schwarzen Mantel vermummt. Lamotte eilt ihm entgegen, er küßt ihr die Hand.)

Rohan.

Ich bin wahnsinnig vor Glück.

Lamotte.

Und das Halsband?

Rohan (ein Etui auf den Tisch stellend).

Hier ist es. Ach, gern würde ich diese Versöhnung mit einer Million bezahlen. Aber die Königin will ja den ersten Termin innehalten?

Lamotte.

Gewiß. Erfahren Sie, daß der Kammerdiener Ihrer Majestät, der würdige Herr Leclos, sogleich erscheinen wird, um das Halsband in Empfang zu nehmen.

Rohan.

Ah, schon jetzt?

Lamotte.

Hier. Sie begreifen, man muß die feinste Diskretion bewahren. Wir werden uns dort in den Alkoven zurück=ziehen und durch die Glasthür Alles beobachten, was vor=geht. Die Königin wird sofort den Herren Juwelieren den Empfangschein bestätigen. (Man klopft an die Mittelthür.) Still!

Rohan (lauscht).

Ja, es wird an die Thür gepocht — leise, aber ent=schieden — (feierlich) wie im höheren Auftrag.

Lamotte.

Schon! Das kommt von oben. Es ist der würdige Herr Leclos. Kommen Sie, Monseigneur! — Herein! (Beide rasch ab durch die Glasthür, die Mittelthür wird aufgerissen.) Billette (tritt ein, den Hut tief in die Stirn gedrückt, ernst, ehrerbietig, mit amtlicher Würde). Im Namen der Königin! (Er nähert sich dem Tisch).) Ah! (Er macht gegen den Alkoven eine tiefe Verbeugung.) Ich habe die Ehre. (Er nimmt das Etui unter den Arm und geht feierlich durch die Mittelthür ab).

Lamotte (mit Rohan wieder eintretend).

Nun, was sagen Sie dazu, Monseigneur?

Rohan (behaglich).

Ach, so ist es denn entschwunden, das vielumstrittene Kleinod — sanft und still wie ein Traum — um bald zu glänzen am Schwanenhals der schönsten Königin.

Lamotte.

Ja wohl, im Geheimen. Da wird sie es oft im Spiegel bewundern.

Rohan.

Doch wird es noch lange dauern, bis man mich offen bei Hofe empfängt?

Lamotte.

Nur Geduld! (Seufzt). Ach, kennten Sie jene allzuverwickelten Kabalen, unter denen auch ich schmachte — wüßten Sie, wie die Königin mit erhabenem Grimm dagegen arbeitet!

Rohan.

Mittlerweile .. Wann werde ich meine Göttin wieder sehen? (Lamotte seufzt und schweigt.) Wie, Sie sagen mir nichts?

Lamotte.

Ach, fragen Sie mich nicht!

Rohan.

Sie verheimlichen mir etwas.

Lamotte (zuckt die Achseln, zögernd).

Man hat gesehen.

Rohan.

O Gott! Und erkannt?

Lamotte.

Versuchen wir Gott nicht noch einmal!

Rohan.

Wie beliebt? Was bedeuten diese Worte?

Lamotte.

Sie dürfen für's erste nicht wieder nach Versailles.

Rohan.

Gräfin, Gräfin! Ich kann nicht . . ich lasse mich nicht
halten. Ich habe im Herzen eine Liebe, die nur mit meinem
Tode endigen wird.

Lamotte.

Das wird sie ohne Zweifel sehr bald, wenn der König
Sie überrascht.

Rohan.

Drohe was will — eher sterben.

Lamotte.

Und wir armen Frauen mit. Ich, als Ihre Freundin,
ich, als treue Dienerin meiner Herrin, kann das nicht dulden.
Ich komme nicht mehr und sie wird auch nicht kommen.

Rohan.

Ah, das ist feig!

Lamotte.

Kein Wort mehr! Dies tötliche Geheimnis erdrückt mich. Zufall, Indiskretion, Böswilligkeit — alles kann uns verderben. Und die Königin .. ach, die Gewissensbisse! Sie würde Ihr Mitleid erregen.

Rohan.

O gräßlich! Haben Sie Mitleid! Ich bin in Verzweiflung, Sie stürzen mich aus allen Himmeln.

Lamotte.

Und Sie stürzen sich, mich und vor allem Ihre Fürstin in's Verderben. Aber ich verbiete Ihnen die Briefe nicht.

Rohan (in Extase).

Ich werde ihr schreiben, ihr beichten können .. alles, alles .. meine Leidenschaft, mein Herzenswehe .. und sie wird mir antworten?

Lamotte.

That sie es nicht bisher und war ich nicht ein treuer Zwischenträger?

Rohan.

O dann schwöre ich .. Teure Gräfin, Sie sind ein Engel. Ja, ich werde schreiben .. Sie selbst sollen die ehrfurchtsvollen Beteuerungen meiner Zärtlichkeit lesen .. Sie, edle Frau, vor welcher wir kein Geheimnis haben ..

Lamotte (lächelt).

Gewiß, Sie haben mir nichts zu verbergen.

Rohan (läßt sie auf die Stirn).

Adieu. Am Tage der Himmelfahrt Mariä halte ich in Versailles das Hochamt; dann werde ich auch die Hohe, die Dame meiner Seele, wiederschauen von Angesicht zu Angesicht. (Ab.)

Lamotte (schaut ihm triumphirend nach, bricht in ein lautes Gelächter aus.)
Laßt mir mein Gold und ich laß' Euch die Ehre!

———

Siebentes Bild.

Dieselbe Szenerie wie im 1. Bilde. — Herren und Damen bunt durcheinander auf dem Gartenweg. An der Terasse eine Reihe Gardisten unter einem Lieutenant du jour. — Vorn links am Boskett Böhmer und Rohan in eifrigem Gespräch, letzterer im Kardinals-Ornat. — Unter dem Publikum der Unbekannte, der sich bis Schluß beobachtend im Hintergrunde hält.

Böhmer.

Wie ich Ihnen sagte, Monseigneur. Wir schrieben an die geistreiche Gräfin . . . keine Antwort!

Rohan.

Ich erwarte sie seit drei Tagen, habe Eilboten auf Eilboten geschickt . . . umsonst, sie ist verreist. Was ist zu thun?

Böhmer.

Monseigneur geruhen, unsere peinliche Lage in's Auge zu fassen. Monseigneur hatten die Herablassung, die Empfangsbescheinigung des Halsbandes zu unterzeichnen, nachdem alles Weitere mit Ihrer Hoheit der Sultanin der Hohen Pforte — hihi — abgemacht.

Rohan (ungeduldig).

Die Königin hat die Bedingungen unterzeichnet und ich habe mich andererseits als Bürge verpflichtet.

Böhmer (eilig).

Wir besitzen die erhabene Unterschrift des Prinzen-

Karbinals Erzbischof = Coadjutors Komthur's Groß=
almoseniers —

Rohan.

Sparen Sie sich die Titel! Rohan — das genügt.

Böhmer.

Es gefiel Monseigneur, das wundersamste aller Hals=
bänder in Augenschein zu nehmen — ach, dies unvergleichliche
Kunstwerk, das für viel zu niedrigen Preis — die Noth
zwingt — es wird lange dauern, ehe wir unserm Schaden
wieder beikommen —

Rohan.

Sparen Sie sich auch die Geschäftsphrasen! Kurzum,
ich nahm es in Augenschein und überlieferte es sodann jener
hohen Dame.

Böhmer.

Sehr wohl. Unser Kunstwerk findet eine würdige
Trägerin und wird vererbt auf eine gerechtere Nachwelt . .
Dies Bewußtsein tröstet das Künstlerherz. Allein, die erste
Zahlung von 500000 Livres sollte gestern stattfinden und
nichts ist erfolgt.

Rohan.

Ich hörte so . . . mit Befremden.

Böhmer.

Monseigneur, in Ehrfurcht vor Ew. Eminenz ersterbend,
müssen wir bekennen, daß wir unbedingt zur gerichtlichen
Klage greifen, falls man uns nicht zu unserem Geld ver=
hilft. Wir können unmöglich annehmen, daß ein so reich
begüterter Kirchenfürst —

Rohan (seufzt).

Ich bin nicht so reich, wie man glaubt. (halblaut vor sich hin) Man hat Schulden. — Doch ich bleibe haftbar, sofern nicht Ihre Majestät —

Böhmer.

Die dringend erbetene Audienz ist uns bewilligt, jetzt gleich vor Beginn der Messe, welche Ew. Eminenz zelebrieren —

Rohan.

Gut, gut, da wird sich Alles aufklären. Und hören Sie, es wäre mir erwünscht, falls Sie der Königin meine bereitwillige Ergebenheit versichern würden —

Böhmer.

Wir werden dem Vertrauen Monseigneurs entsprechen. (Er verbeugt sich tief und geht nach rechts.)

Rohan (vorn links allein am Bostett, murmelt vor sich hin).

Ich ersticke. Herzlose, treulose, launenhafte Kokette! Diese letzten Briefe — stufenweise steigert sich die Strenge, die barbarische Grausamkeit! Und dieser letzte Brief, ich solle an nichts mehr denken, nie mehr in Versailles erscheinen, mein Anblick errege schon Gewissensbisse. Sie appelliert an meine Ritterlichkeit, daß ich „unmöglich gewordene Verbindungen" nicht wieder anzuknüpfen suche .. o ich Unglücklicher, o die Hartherzige! (Glocken in der Ferne.) Ah, ich muß mich sammeln, mein Antlitz glätten, daß Niemand darin lese. Wohlan, ich werde das Hochamt halten, diese irdischen Dinge von mir verbannen .. o, o ich werde sie sehen, sie selber mir gegenüber, ich werde sie wiedersehen! (Er geht nach links ab. — Rechts aus der Thür im Pavillon tritt **Coligny** in Galakleidung, den Ceremonienstab in der Hand. Ihm folgt die **Königin** in Galakleidung, mit gelang= weilter Miene.)

Königin (gähnt leicht).

Ein schöner Morgen, es wird heiß. — Der Hof schon versammelt?

Coligny.

Das Hochamt zu Himmelfahrt Mariä beginnt präcis in einer halben Stunde — zu Befehl, Majestät. Der König wird binnen kurzem eintreffen.

Königin.

Holen Sie mir also rasch diesen lästigen Juwelier — ich habe die Audienz versprochen und will ihm nur wenige Minuten widmen. (**Coligny** ab nach links draußen, wo er Böhmer heranwinkt und ihm die Thür des Pavillons öffnet. Böhmer tritt mit tiefer Verbeugung ein.)

Königin.

Was haben Sie denn wieder, Böhmer? — Nun, wo= nach schauen Sie sich um?

Böhmer (halblaut).

Sind Ew. Majestät allein.

Königin.

Niemand kann uns hören. Was wünschen Sie? Ge= schwind, mein Lieber.

Böhmer.

Dann . . (hustet) darf ich Ihre Majestät erinnern, daß gestern . . Termin war . .

Königin.

So? Sie haben einen Termin?

Böhmer.

O ich bitte unterthänigst um Verzeihung .. Die Königin hat inmitten so vieler Geschäfte vergessen .. ich will nicht unbescheiden sein ..

Königin.

Dafür aber unverständlich. Wovon reden Sie?

Böhmer.

Daß gestern der erste Zahlungstermin bestimmt war.

Königin.

Wofür?

Böhmer.

Das Halsband, meiner Treu.

Königin.

Ah, Sie haben also einen Käufer gefunden?

Böhmer (starr).

Nun freilich!

Königin.

Und der Käufer läßt Sie auf dem Trocknen sitzen? Mein armer Böhmer, Sie thun mir leid. Dies verwünschte Halsband gleicht ja dem Goldnen Vließ und bringt Jedermann Verdruß.

Böhmer (schwankt).

Wie beliebt? Was erweist mir Ew. Majestät die Ehre zu sagen?

Königin.

Aber mein Gott, was haben Sie denn?

Böhmer.

Majestät, Majestät! Sie selbst haben ja das Hals=
band gekauft.

Königin (steht auf).

Ist dies Komödie oder Wahnsinn? — Der König
selbst hat es Ihnen vor meinen Augen zurückgestellt.

Böhmer (außer sich).

Aber später —! (Zieht ein Papier heraus.) Ew. Majestät
unterschrieben diese Schuldurkunde.

Königin.

Wie! Was für ein Wisch!

Böhmer (zitternd).

Unterzeichnet von dero Hand . .

Königin.

„Marie Antoinette von Frankreich"? Sind Sie toll?
Bin ich eine geborene Frankreich, ich, die Erzherzogin von
Österreich? Albern! Wenn man fälscht, sollte man's nicht
so plump!

Böhmer (außer sich).

Fälscht! Ew. Majestät haben mich in Verdacht, den
Hofjuwelier des Allerchristlichsten Königs?

Königin.

Haben Sie zufällig mich im Verdacht?

Böhmer (zögernd).

Majestät . .

Königin (zornig).

Ah, das geht zu weit! Ich habe wohl Ihr Halsband
gestohlen?

Böhmer (wirft sich ihr zu Füßen).

Gnade, Gnade! Ich bin das Opfer eines unerhörten Betruges.

Königin.

Das scheint so. — Auf, auf, Herr Böhmer! (Böhmer erhebt sich.) Lassen Sie uns ruhig zu Werke gehn. Wer hat Ihnen diese Verschreibung überbracht?

Böhmer (erregt).

Ein unbekannter, geheimnisvoller Kourier.

Königin.

Wie und daraufhin überlieferten Sie, ein so vorsichtiger Geschäftsmann, Ihr goldnes Vließ?

Böhmer.

Nach den so zahlreichen Verhandlungen mit der Vermittlerin Frau von Lamotte —

Königin.

Lamotte, wer ist das? Ah die kleine Abenteurerin, die sich Valois nennt! Was hat die hiermit zu schaffen?

Böhmer (muß sich an einen Stuhl halten).

Allbarmherziger! Die Königin kennt diese Frau gar nicht?

Königin.

Ich habe sie niemals gesehen.

Böhmer.

Und Monseigneur de Rohan?

Königin (faltet die Stirn).

Was soll dieser Name? Ich verbot, ihn vor mir auszusprechen, wie ich Sie hiermit wissen lasse, Herr Böhmer.

7

Böhmer.

Was! Herr von Rohan hat nicht im allerhöchsten Auftrag . .

Königin.

In meinem Auftrag? Ich glaube, Sie sind verrückt.

Böhmer (ringt die Hände).

Ich bin verloren.

Königin (klingelt).

Das werden wir abwarten. Hier steckt ein infames Komplott. (Leelos von rechts.) Man rufe den Kardinal von Rohan! Ich lasse bitten, vor mir zu erscheinen. (Leelos nach links — außen — ab.) Ich werde sofort Licht verbreiten.

Böhmer.

Das ich nicht scheue. Ich bin ein ehrlicher Handelsmann.

Königin (nachdenkend).

Ein Schuldiger ist da . . oder eine Schuldige.

Böhmer.

Majestät, Gerechtigkeit, Barmherzigkeit! Die Verzweiflung zwang mich, die Unterwürfigkeit vor der größten erhabensten Fürstin zu verletzen . .

Königin (mit Hoheit).

Ich habe es nicht bemerkt. (Leelos kommt zurück.) Nun, kommt er? Gut. Führen Sie ihn ein und eilen Sie dann zum König: Er möge sich recht bald hierher bemühen. (Leelos nach links ab, wo er Coigny einen Wink giebt und Rohan entgegengeht, der soeben von links heranschreitet, mit Verbeugung und Handbewegung nach dem Pavillon hin. Rohan nickt und geht auf Coigny zu.)

Coigny (verbeugt sich und öffnet die Thür des Pavillons, meldet)

Der Prinz Louis, Kardinal von Rohan, Großalmosenier von Frankreich!

Königin (hastig zu Böhmer).

Sie sind bis auf Weiteres entlassen. (Rohan tritt ein, Böhmer huscht an ihm vorüber, zur Thür hinaus, wo er sich draußen unter das Publikum mischt und nach links abgeht.) Ah, Herr von Rohan, es ist lange her, daß ich Sie sah! (Bezeichnet ihm ein Tabouret.) Belieben Sie sich zu setzen!

Rohan (finster).

Ich darf die mir zukommende Ehre des Tabourets nicht genießen, so lange man mich nicht behandelt wie einen Mann von Ehre.

Königin.

Mein Herr?! Träumen Sie?

Rohan.

O nein, ich träumte einst . . doch ich erwache. (Leise.) Bin ich allein mit Ew. Majestät? Ich fürchte mich . .

Königin.

Vor mir? Ich bin nicht furchtbar. O bitte, keine vielsagenden Gebärden mehr! Haben Sie etwa Beschwerden gegen mich? Frisch heraus mit der Sprache!

Rohan.

Madame, was unser Halsband betrifft —

Königin.

Unser?! Doch ich will an mich halten. Es ist mir lieb, wenn ich erfahre — vor Allem, wo ist diese Frau von Lamotte?

7*

Rohan.

Ich weiß es nicht.

Königin.

Aha! Sie halten Sie wohl verborgen, diese räthselhafte Sphinx?

Rohan.

Welchen Grund hätte ich dazu? Ich habe die Dame mehrfach gebeten, zu mir zu kommen. Allein, Sie scheint verreist.

Königin.

Und das Halsband — ist es auch verreist? Was haben Sie damit gemacht?

Rohan.

Ich?!

Königin.

Nun ja, ich verstehe nichts von alledem. Mein Name scheint hier in seltsamer Weise gemißbraucht.

Rohan.

Und ich verstehe Ew. Majestät nicht, worüber ich mich ja freilich schon in meinen letzten Briefen zu beklagen wagte.

Königin.

Ihre Briefe? Sind Sie bei gesunden Sinnen, Herr Kardinal?

Rohan.

Was ist das? — O wäre doch Frau von Lamotte hier, unsere Freundin!

Königin.

Unsere Freundin? Diese Person!

Rohan.

Ah, das ist stark. Ja, allerdings, Madame, sie würde Ihr Gedächtnis auffrischen helfen, wenn auch nicht Ihre Zuneigung.

Königin.

Meine —? Was sagt dieser Mann?

Rohan (zornig).

Mißhandeln Sie mich nicht, Madame! Das ist nach der Nacht im Park doch etwas zu viel!

Königin.

Ha! Was soll das heißen? Sie lügen, Elender!

Rohan.

Ich! Mit Ihrer Rose auf meiner Brust! O, Sie Frau ohne Herz, warum ließen Sie mich in Ihren Briefen Hoffnungen nähren?

Königin.

Hoffnungen?! Unglücklicher, Sie blasphemiren!

Rohan.

O mögen Sie jetzt immerhin die Königin herauskehren, mir waren Sie die Frau!

Königin (keuchend).

Herr von Rohan, Herr von Rohan, Sie sind ein Mann des Todes. Gestehen Sie, daß Sie diese Schändlichkeiten erfanden!

Rohan.

Ein Rohan lügt nicht.

Der König (plötlich rechts aus dem Zimmer tretend, mit zorn-
bebender Stimme).

Der Herr Kardinal hat wohl Beweise? (Die Königin
stößt einen Schrei aus und ergreift den Arm des Königs).

Rohan.

Der König! (Er verbeugt sich tief).

König.

Ich traf unterwegs Herrn von Breteuil, dem wiederum
Herr Böhmer sein Herz ausschüttete. Nachdem ich da ganz
unglaubliche Dinge vernommen, gefiel es mir, von der
andern Seite den Pavillon zu betreten, wo Ew. Majestät
eine so illustre Persönlichkeit empfingen. Dieser kleine Um-
weg wurde belohnt .. man erhob hier im Eifer des Ge-
fechts so eifrig die Stimmen, daß mir die letzten Worte
dieser merkwürdigen Unterredung nicht entgehen konnten.
Ich bitte den Herrn Kardinal, sich zu erklären.

Königin (heftig).

Der Herr hat Briefe, hat Rendezvous erhalten ..
liefern Sie Beweise!

Rohan (gen Himmel blickend).

O mein Gott!

Königin.

Die Briefe! Die Beweise!

Rohan (das Haupt erhebend).

Ich habe keine.

Königin.

Ah und Ihre Helfershelferin .. diese Kreatur, die
Lamotte ..

König.

Ah, steckt diese Bettlerin dahinter? Getrost, Madame, sie wird heute in der Bastille schlafen.

Königin.

O ja wohl, sie hält sich in ruhmvoller Verborgenheit. Fragen Sie doch den Herrn, warum.

Rohan (verächtlich).

Andere, die ein noch größeres Interesse dabei haben, werden es wissen.

König.

Wie beliebt? Wer spricht so zur Königin? Und dies Halsband .. man hat die Unterschrift der Königin von Frankreich gefälscht.

Rohan (zuckt die Achseln).

Man! Es steht der Königin frei, mir diese Fälschung zuzuschreiben.

Königin.

Was wollen Sie damit sagen?

König.

Nehmen Sie sich in Acht, rechtfertigen Sie sich!

Rohan (kalt).

Wie kann ich das!

König.

Sie sollen dem Juwelier Bürgschaft für Ihre Majestät geleistet haben.

Rohan (verächtlich).

Ich weigere mich ja nicht — ich bin Rohan und werde bezahlen.

König.

Damit gestehen Sie zu, daß Sie schuldig sind ..

Rohan (stolz).

Wer wird es glauben!

König (zornig).

Also wird man glauben .. Mein Herr, Sie begeben sich in die Bastille, jetzt, sofort.

Rohan.

Vor dem Hofe? Das ist ein unzeitiger Scherz, Sire.

König (ohne zu antworten, öffnet die Thür).

Baron Breteuil! (Dieser — Breteuil mit Böhmer und Calonne sind mittlerweile von links draußen aufgetreten — eilt heran, er flüstert ihm einige Worte zu. Dann sagt er zurückkehrend, ohne Rohan anzusehen). Sie sind entlassen. (Rohan, mit tiefer Verbeugung, ab nach links, die Terasse heruntersteigend).

Breteuil (winkt den Lieutnant du Jour heran. Mit donnernder Stimme).

Im Namen des Königs, verhaftet den Herrn Karbinal! (Schrecken und Staunen unter den Anwesenden. Der Lieutnant stellt sich neben Rohan, den Hut in der Hand.) Monseigneur, Sie sind Arrestant! Herr Lieutnant, Sie haften mit Ihrem Kopf für den Gefangenen! (Man sieht durch die offene Thür die Königin, auf des Königs Arm gestützt, ihr Taschentuch gegen die Augen gepreßt).

Stimmen (durcheinander flüsternd).

Die Königin weint.

Calonne (sein Augenglas erhebend).

Ah ah, pikant!

Rohan (zwischen ben Zähnen).

Sie weint!! (König unb Königin haftig ab nach rechts).

Calonne (zu Breteuil).

Der Prälat läßt bie Messe im Stich, wie mir scheint. (Beibe ab nach links).

Der Unbekannte (als Rohan vorbeigeht, neben ihm halblaut.)
Die Briefe ber Königin?

Rohan (fährt zusammen).

Ah! (halblaut.) Ein Freunb?

Der Unbekannte (halblaut).

Von Cagliostro. Ich habe ben schnellsten Renner. Zum Palais, Karbinal?

Rohan.

Ah, der Meister, ber Allwissenbe! (kritzelt etwas in sein Meßbuch unb reißt bas Blatt heraus. Niemanb bemerkt es.) Ich folge Ihnen, mein Herr Lieutnant. (Er läßt bas Blatt fallen unb geht nach links ab, inbem er erhobenen Hauptes murmelt.) Man bleibt Kavalier.

Der Unbekannte (hat unbemerkt bas Blatt zu sich gesteckt; ganz vorn, halblaut, mit triumphirenbem Gelächter.)
Nun beweise mal Jemanb, baß bie Briefe . . Fäl= schungen waren! (Er eilt nach links ab. Allgemeiner Aufbruch. Hinter ber Szene Orgelklänge).

Achtes Bild.

Saal bei Cagliostro wie im zweiten Bild. — Cagliostro und die Lamotte sitzen plaudernd auf einem Divan.

Cagliostro.

Wie gesagt, meine gnädige Gräfin, ich bin entzückt, überrascht von dieser Anhänglichkeit an meine arme Person, daß Sie gerade mich durch den ersten Besuch auszeichnen, nachdem Sie, wie ich höre, eine Woche auf's Land verreist waren, zweifellos, um sich der Verwaltung Ihrer Güter zu widmen.

Lamotte.

Mich treibt das Gefühl ergebener Freundschaft für meinen teuren Kardinal. Dieser einzige Herzensmann! Und daß gerade er in die Schlingen eines so gefährlichen Weibes — ah pardon, was hab' ich gesagt! Doch ich spreche zu einem Weisen, der Alles weiß. Sie also wissen auch — (hält inne).

Cagliostro (salbungsvoll).

Ich weiß Alles.

Lamotte (trocken).

Natürlich. Nichtsdestoweniger möchte ich's Ihnen sagen . ., daß nämlich Ihre Majestät mit einer Launen= haftigkeit, die ich kaum zu charakterisieren wage, behauptet, das bewußte Halsband gar nicht empfangen zu haben —

Cagliostro.

Ah, unmöglich!

Lamotte.

Was wäre nicht möglich in dieser verderbten Welt! — Nun, Sie Edler hatten ja die Güte, auf einen diskreten Wink von mir, wie die Sachen ständen, sich nach Jemandem umthun wollen, der unter Umständen beim ersten Zahlungs= termin sogleich mit einer flüssigen halben Million einspringen könnte.

Cagliostro.

Hab's versucht. Einer meiner eifrigsten Schüler ist der Generalpächter Poqueville —

Lamotte (die Hände erhebend).

Dieser Name sagt genug!

Cagliostro.

Und in dessen teilnehmenden Busen schüttete ich mein Herz aus. Bei einem klassischen Symposion, einem Gelage seelenverschmelzender Freundschaft —

Lamotte (trocken, cynisch).

Ja ja, ich habe gehört, Ihr Tokayer sei sehr stark. Und noch ganz begossen von Tokayer, zeigte sich Monsieur willfährig?

Cagliostro.

Nicht ganz, Madame. Ein Generalpächter bleibt ein Mann der positiven Anschauung, auch beim Ergusse der edleren Empfindungen, unter dem erhebenden Einfluß der Humanität, der Philosophie und Philantropie —

Lamotte (ungebuldig).

Das heißt des Tokayers. Er weigerte sich also, das Geld vorzuschießen?

Cagliostro.

O nein, er war ja bereit, Monseigneur be Rohan und vor allem die höchste Person zu verbinden. Unter uns, er wäre nicht abgeneigt, einer etwaigen Ordensverleihung seine schwellende Brust entgegenzustrecken. Allein, er meint . .

Lamotte.

Nun?

Cagliostro.

Es wäre doch unter allen Umständen nötig, persönlich mit Ihro Majestät zu reden. (Lauernb.) Und das wünschen Sie ja nicht, so ich recht verstand.

Lamotte.

Ach nein, die Angelegenheit ist eine so belikate, daß — zwei eigentümliche Schläge=Zeichen an der Mittelwand, Cagliostro stutzt und horcht hoch auf.) Ach, ich störe, wohl einer Ihrer Geister?

Cagliostro (würdevoll).

Es scheint Anachiel zu sein, ein Geist des Lichtes.

Lamotte.

Ah, da muß ich dunkler Erdenwurm wohl verschwinden?

Cagliostro.

Durchaus nicht, wir sprechen noch mehr davon. (Geht nach links, öffnet die Thür und ladet mit Handbewegung ein, dort einzutreten). Darf ich bitten, sich nur auf einen Augenblick in biesen Salon zurückzuziehen?

Lamotte.

Ich überlasse Sie Ihrem himmlischen Bekannten. (Ab nach links. In der Mittelwand öffnet sich eine maskierte Geheimthür und der Unbekannte tritt hastig heraus.)

Unbekannter.

Keine Minute ist zu verlieren. Der Kardinal ist verhaftet und Breteuil in eigener Person auf dem Wege hierher.

Cagliostro.

Was habe ich Unschuldiger damit zu schaffen?

Unbekannter.

Ausnahmsweise wird die Unschuld diesmal nicht leiden. Wir reißen Dich heraus. Warum Breteuil Dich packt? Deswegen hält ja der Wagen der Lamotte ostentativ vor Deiner Hausthür. Jetzt, wo man nach ihr fahndet, eilt sie sofort zu ihrem intimsten Freund und vermutlich Helfershelfer. Die treue Seele!

Cagliostro.

Ich fange an zu ahnen —

Unbekannter.

Bitte, beeile Dich mit der Ahnung! Natürlich eilt ihr Breteuil spornstreichs nach und gönnt Dir die Ehre seines Besuches, um zwei Fliegen mit einer Klappe zu fangen.

Cagliostro.

Ah die Infame!

Unbekannter.

Sie spielt ihr Spiel, spiel Du das Deine! (Öffnet die maskierte Thür und führt Oliva heraus im Brokatkleid, wie im zweiten Bild.) Also: unsre Freundin hier hat sich verlocken lassen zu einem recht dummen Streich —

Oliva.

Ach ja!

Unbekannter.

Sie hat nämlich die Rolle der Königin usurpirt.

Cagliostro (würdig).

Ei, was hör ich! Welche Würdelosigkeit!

Unbekannter.

Und diese Unvorsichtigkeit führt schon zur Katastrophe. Die Polizei fahndet nach der Lamotte . .

Oliva.

Diese abscheuliche Hexe! Jetzt will sie mich nicht mehr kennen.

Unbekannter.

O sie wird Fräulein Oliva schon wiedererkennen . . vor Gericht.

Oliva.

Vor Gericht!

Unbekannter.

Theuerste, folgen Sie in Allem unserm väterlichen Rath, dann werden Sie straflos ausgehen.

Oliva (zu Cagliostro, mit gefalteten Händen).

Meister, großer Meister, ja, nicht wahr?

Cagliostro (legt ihr die Hand auf den Scheitel).

Tröste Dich, meine Tochter! Gute Geister wachen über Dir. (Im Flüsterton, in die Zimmerecke sprechend.) Ariel! Azachiel! Seid ihr da? Euch empfehle ich diese Jungfrau.

Oliva (erschrocken).

Ach ne!

Cagliostro (flüstert).

Wie sagt ihr? Gut, basta, ich kann mich auf euch verlassen.

Unbekannter (barsch den Hokuspokus unterbrechend).

Und wir auf Fräulein Oliva, — sie wird nie erwähnen, daß sie je mit dem Meister in Verbindung stand, und gar daß ein Mensch wie meine Wenigkeit existirt, vergißt sie völlig . . sonst brechen ihr böse Geister den Hals um.

Oliva.

Rettet mich und ich thue Alles.

Unbekannter.

Gut. Auf Ihr Zimmer, bis ich Sie rufe!

(Oliva ab durch die maskierte Thür. Zugleich hört man Lärm hinter der Szene.) Horch! Sie sind schon da, Breteuil und seine Häscher.

Cagliostro.

Die Sache ist also ernst?

Unbekannter.

Sehr. Du wirst die Bastille, dies symbolische Boll= werk der Tyrannei, in der Praxis studiren, wozu ich unsrer Sache gratuliere.

Cagliostro.

Die Gefängniskost! Wie überlebe ich das!

Unbekannter.

Ich empfehle Dir Dein Lebenselixir. — Keine Bange!

Du kommſt frei, dafür laß mich ſorgen! Nun paß auf! Die Lamotte will Dich kompromittieren, Dich mit in ihre Schmutzerei hereinziehn, um ſich an Dir zu halten. Demgegenüber läſſeſt Du ſie ſofort fallen.

Cagliostro.
Daß ſie ſich's Genick bricht! Dieſe Schwindlerin! Mich beſchwindeln zu wollen, mich!

Unbekannter.
Noch eins: Sind Bundespapiere bei einer Haussuchung in Gefahr?

Cagliostro.
Alles Wichtige iſt in den Kellerräumen dort! (Weiſt nach der maskierten Thür.)

Unbekannter.
Schon gut. Die Unſeren ſind benachrichtigt. Wir räumen mit Allem auf, da ich die Loge abbreche und auf kurze Friſt nach London verlege.

Cagliostro.
Nach London? Ah, wohin Orleans in die Selbſtverbannung gereiſt?

Unbekannter.
Du kombinierſt richtig. Doch ſage, dort im Sekretär — (weiſt auf einen Sekretär rechts.)

Cagliostro.
Dort liegen Illuminatenblätter, in Geheim-Chiffren. Soll ich ſie —?

Unbekannter.
Liegen laſſen! Denn fände Breteuil gar nichts, ſo erweckte dies nur Verdacht der Vorbereitung. Du mußt

aber völlig überrascht scheinen. Adieu! (Ab durch die mas=
kierte Thür. Cagliostro geht nach links und öffnet. Lamotte tritt
wieder ein.)

Lamotte.

Das war aber eine lange Unterhaltung mit Ihrem
Hausgeist. Ach ich bin so neugierig, so brünstig innig
neugierig nach den Geheimnissen Ihrer Geisterwelt.

Cagliostro (kalt, drohend).

Die Geheimnisse manches menschlichen Geistes sind
oft noch interessanter.

Lamotte.

Geht das auf mich, Meister? Mein schwaches Frauen=
herz liegt doch Jedem offen. Beiläufig, Ihr spiritus
familiaris gehört wohl dem schwachen Geschlechte an? Ich
hörte eine weibliche Stimme.

Cagliostro.

Sie haben sich getäuscht, wie Ihnen das öfter passirt.
So z. B. scheinen Sie mein Interesse an Ihrer Halsband=
affaire doch bedeutend zu überschätzen. Was geht mich das
Alles an!

Lamotte.

Wie, vorhin waren Sie noch ganz pressiert, Feuer und
Flamme —

Cagliostro.

Sie verwechseln meinen humanen Eifer, jedem Wesen
zu nützen, mit dem persönlichen Eigennutz andrer Sterb=
lichen? O Blinde, Kleingläubige! Ich sah Ihre Angst
und erbarmte mich Ihrer, das war Alles. Kurz, Madame,

8

ich lehne ab, mich weiter mit dieser Sache zu beschäftigen, nachdem ich reiflich überlegt.

Lamotte.

Mit Ihrem Hausgeist, wie es scheint? Woher dieser veränderte Ton? Wollen Sie mir etwa den Stuhl vor die Thür setzen?

Cagliostro (höhnisch).

O bitte, Verzeihung! Ein Stuhl steht Ihnen immer zu Diensten. (Stellt ihr einen Sessel hin. In diesem Augenblick geht die Thür rechts auf und Breteuil tritt hastig ein, gefolgt von einem Polizeisergeanten. Die Lamotte stößt einen leisen Schrei aus, Cagliostro tritt würdevoll auf Breteuil zu.) Was seh ich? Was giebts? — Mein Herr?

Breteuil.

Habe ich den Vorzug, den berühmten Grafen Cagliostro in eigener Person zu erschauen?

Cagliostro (mit Pose).

Ich bin ich, was könnt' ich anders sein!

Breteuil.

Ah, ich erkenne sie, diese illustre Physiognomie, aus den zahllosen Portraits .. auch auf Pfefferkuchen und Marzipantorten .. es ist etwas herrliches um die Popularität .. man sucht einen Mann und kaum sieht man ihn, da ruft man: das ist er!

Lamotte (frech laut).

Wie ein Steckbrief, nicht wahr?

Breteuil (der that, als sähe er sie nicht).

Ah, diese Dame? Doch nicht die Dame vom Hause?

Cagliostro (laut, fremd).

Durchaus nicht, eine entfernte Bekannte .. die Frau Gräfin Lamotte.

Lamotte (heftig, dreist).

Warum verleugnen Sie mich, mein Freund, vor diesem Herrn? Und wer ist das überhaupt?

Cagliostro.

In der That, daß ich nicht wüßte! Gewiß ein Leidender, der ungestüm Hülfe heischt. Verfügen Sie über meine unfehlbaren Mittel als Arzt des Leibes und der Seele! — Aber mein Gott, mein Herr, womit kann ich dienen?

Breteuil.

Gestatten Sie zuerst, daß ich mich vorstelle. Mein Name ist Ihnen vielleicht nicht unbekannt. Ich bin nämlich Baron Breteuil, Großsiegelbewahrer dieses Königreichs, das Sie nach Ihren weiten Prophetenwanderungen jetzt durch Ihre illustre Gegenwart beglücken.

Cagliostro.

Ist mir eine Ehre und Freude, Herr Minister. In der That, Ihr Name drang bis zu meinem Ohr als der eines würdigen, ehrenfesten Dieners dieser allerchristlichsten Krone.

Breteuil.

Sie machen meine Bescheidenheit erröten, Herr Graf. Entschuldigen Sie sodann mein hastiges Eindringen. Die Sehnsucht, den Propheten von Angesicht zu Angesicht zu sehen, riß mich dahin. Schon lange dürstete ich nach dieser Gelegenheit.

8*

Cagliostro (verbeugt sich).

Ein Mann von solcher Distinktion würdigt mein einziges Streben, dem Glück meiner Mitmenschen zu dienen.

Breteuil.

Ich würdige es nach Gebühr. Ach ja, mein Herr, ich wende mich an den Seelenarzt, um mich zur Klarheit zu leiten. Sagen Sie doch: Sie sind nahe befreundet mit dem Prinzen Rohan?

Cagliostro.

Ich darf wohl sagen: Er steht meinem Herzen sehr, sehr nahe.

Breteuil.

So, so. Irre ich nicht, steht wiederum seinem Herzen diese Dame — Frau von Lamotte, ich grüße Sie! — sehr, sehr nahe.

Lamotte.

O Herr Minister!

Cagliostro.

Wohl möglich. Die leiblichen, um nicht zu sagen fleischlichen Bande des sterblichen Lebens meines erlauchten Freundes entziehen sich meiner Beachtung. Mich kümmert nur sein unsterbliches Teil, seine würdevolle, schöne Seele.

Breteuil.

Mein Herr, Ihre Gesinnungen gereichen Ihnen zur Zierde, sie sind bewunderungswürdig. Ich hatte freilich gedacht, daß die beiden Herrschaften hier sich nicht so fremd wären. Ihr gemeinschaftlicher Freund Rohan —

Lamotte (rasch, offensiv).

Jawohl, dem dieser Cagliostro den Kopf erhitzt hat, bis er den Verstand verlor.

Cagliostro.

Welche Würdelosigkeit!

Breteuil.

Ah, ah! Eine solche Beschuldigung in meiner Gegenwart —! Herr Graf, man weiß, was man einer europäischen Berühmtheit schuldet, aber das bedarf näherer Untersuchung. Vergeben Sie meine inquisitorische Peinlichkeit, die Ihrem hehren Gedankenfluge gewiß recht altmodisch vorkommt. Ich bin eben ein Mann aus der alten Schule.

Cagliostro.

Es ist die beste Schule, mein Herr. Plaudern wir darüber, wie es zwei Ehrenmännern geziemt.

Breteuil.

Sie sind zu gütig, ich bin Ihnen unendlich verbunden. Also, Sie bestreiten natürlich, was diese lebhafte Dame sagt?

Cagliostro.

Mein Herr! Von einer Schlange gestochen, verschluckt ein Arzt wie ich das Gift und spendet zugleich das Gegengift.

Breteuil.

Zu viel, zu viel der Güte! Auch noch das Gegengift! — Geruhen Sie vielleicht, mich einen Augenblick mit dieser lebhaften und interessanten Dame ein Wörtchen unter vier Augen reden zu lassen? Gnädige Gräfin gewähren mir doch Audienz?

Lamotte (frech).

Sie haben nur zu befehlen, Herr Minister. Gewiß ein Auftrag von Ihrer Majestät der Königin?

Breteuil (hustet).

Oder auch vom König, Madame.

Lamotte (klatscht in die Hände).

Wie, der König läßt sich endlich herab —? Sollten sie endlich besiegt sein, meine Feinde am Hofe?!

Cagliostro.

Ich ziehe mich zurück. (geht nach links.)

Breteuil.

Ah, man hat mir Ihre leutselige Liebenswürdigkeit nicht übertrieben, verehrter Meister. Also auf nachher! Dann plaudern auch wir vertraulich ein Stündchen, tauschen unsere Empfindungen aus —

Cagliostro.

Vor allem mit Würde, mein Herr! Seien wir vor= nehm! Vornehm sein, darin liegt Alles. (geht.)

Breteuil.

Ach, ich vergaß, lieber Meister, nehmen Sie doch den Herrn da mit in's Nebenzimmer! Er ist hier fremd und etwas schüchtern . . .

Cagliostro (mit Würde).

Folgen Sie mir, Herr Polizeisergeant! (ab mit dem Polizisten nach links. Die Lamotte hat sich in einen Sessel geworfen, Breteuil setzt sich ihr nahe gegenüber.)

Breteuil.

Endlich haben wir Sie, Madame. Sie verbargen sich also?

Lamotte.

Mich verbergen? Wovor? Ich war auf meine Güter verreist.

Breteuil.

Ihre Güter? Den verpachteten Pachthof Fontette? Schon gut. Der Verdacht lag nahe, Sie wollten davon= laufen.

Lamotte.

Wie? Hat man mich verleumdet? Herr Minister, die Unschuld ergreift nicht die Flucht vor Kabalen.

Breteuil.

Man beehrt Sie mit einem kostbaren Vertrauen. Ihre Freundschaft scheint wirklich theuer. Sie schwimmen ja plötzlich in eitel Ueberfluß.

Lamotte.

Ach ja, meine Dankbarkeit gegen die hohe Frau — so wohlthätig war die königliche Majestät —

Breteuil.

Bah, wovon reden Sie? Ich meine das Vertrauen des Herrn v. Rohan.

Lamotte.

Mein edelmütiger Wohlthäter! — Aber welche Strenge, Herr Minister! Ich zittere.

Breteuil.

Das hoff' ich. Wissen Sie, daß Herr v. Rohan in der Bastille sitzt?

Lamotte.

Ich hörte es bei meiner Ankunft. Ganz Paris spricht davon.

Breteuil.

Leider ja. Rasch und ohne Umschweif: Was trieben Sie mit dem Halsband?

Lamotte.

Ich? Herr von Rohan hat es.

Breteuil.

Der Empfangsschein an die Juweliere, im Namen der Königin . . ist eine Fälschung, Madame. Darauf giebt der Staatsanwalt die Antwort.

Lamotte.

Ah, das ist unmöglich!

Breteuil.

Man wird Sie mit Rohan konfrontieren.

Lamotte.

Warum nicht? Wozu denn?

Breteuil (drohend).

Sie leugnen also, sich überall und immer in gewisse nJtriguen gemischt zu haben?

Lamotte.

Herr Minister, die Ungnade meiner Königin giebt Ihnen nicht das Recht, mich zu ohrfeigen. Ich bin eine Valois.

Breteuil.

Werden Sie sprechen, Madame?

Lamotte.

Was kümmert sich ein reines Gewissen um die Ver-
folgung!

Breteuil.

Sie sind verhaftet.

Lamotte.

So?

Breteuil.

Man wird Ihr Geständnis schon erzwingen.

Lamotte.

Ich unterwerfe mich in Demut der Demütigung.
Was ich gethan, habe ich für Andere gethan.

Breteuil.

Diese freche Anspielung —

Lamotte.

Genug, mein Herr! Man lasse mich in Ruhe, sonst
werde ich sprechen!

Breteuil.

Ah, ich durchschaue Ihr Spiel. — Nun, Madame, der
Kardinal schiebt Alles auf Sie. Ich habe ihn verhört.

Lamotte.

So lasse ich den Kardinal ermahnen, auf ein so schlechtes
Verteidigungssystems zu verzichten.

Breteuil.

Ah, ah! Ich sehe, Sie sind noch stärker, als ich dachte.
— Hm, ich darf Ihnen viel versprechen, wenn Sie nur
unumwunden Jemanden bezichtigen. Vorhin war es
Cagliostro.

Lamotte.

Ich erinnere mich nicht.

Breteuil.

Natürlich. Wenn Sie schweigen, so bezichtigen Sie indirekt die Königin. Majestätsbeleibigung, darauf steht der Strang.

Lamotte.

Ich klage Niemanden an; warum klagt man mich an?

Breteuil.

Es ist gut. (Steht auf und öffnet die Thür rechts.) Herr von Cagliostro, darf ich bitten —? (Cagliostro tritt wieder ein, gefolgt vom Polizisten.) Frau v. Lamotte hat vorhin einige Andeutungen fallen lassen über Ihr Verhältnis zu Mon= seigneur de Rohan —

Cagliostro (würdevoll).

Es war das schöne edle Verhältnis des Sokrates und Alcibiades, wenn ich mich eines so klassischen Beispiels be= dienen darf, des Meisters und des hoffnungsvollsten Jün= gers, vereint durch das hehre Streben nach Erforschung der Wahrheit, der Natur, jener erhabenen Urgeheimnisse —

Lamotte (kichert).

Truthahn! Wie er kollert!

Cagliostro.

Wie, neidische Circe? Herr Minister, man beschimpft in Ihrer Gegenwart einen Mann, dessen lautere Gesinnungen — ich darf wohl sagen — ganz Europa kennt.

Breteuil.

Schweigen Sie, Madame! Sie stehen vor einer

europäischen Berühmtheit. Gleichwohl fordere ich Sie auf, die Anklage zu wiederholen, welche Sie diesem illustren Manne entgegenschleuderten.

Lamotte.

Jawohl erkläre ich, daß dieser Herr Erzcharlatan durch seine Hexereien und Zauberkünste den Geist des unglücklichen Kardinals geblendet und umnebelt hat.

Breteuil.

So. (Zu Cagliostro abwehrend.) Ich bitte, Herr Graf. — Zu welchem Zweck? Worin zeigte sich diese Umnebelung?

Lamotte.

O ganz einfach. Er hat Herrn von Rohan strafbare Gedanken gegen die königliche Majestät eingegeben.

Breteuil.

O!

Lamotte.

Leugnen Sie nur, mein Herr Graf von der eisernen Stirn! Ich weiß, was ich weiß.

Cagliostro (vor Würde schwellend).

Ah, hm, ha! Herr Minister, als einzige Antwort auf diese Würdelosigkeit verlange ich meine sofortige Verhaftung um für meine Unschuld zu bürgen.

Breteuil.

Sie sind zu gütig, Herr Graf. Sie kommen meinen stillen Wünschen zuvor und ich nehme Ihr freundliches Anerbieten an. — Polizeisergeant, diese beiden Herrschaften stehen unter Ihrem Gewahrsam und werden so zuvorkommend sein, sich unter Ihrem Schutz in die Bastille zu verfügen.

Lamotte (die Augen gen Himmel).

Die Sonne bringt es an den Tag!

Cagliostro (feierlich).

Unglücklicher Sohn der Natur! Die schwache menschliche Einsicht verkennt Deine Reinheit. Doch ein Stern wacht über Deinem Haupte.

Breteuil.

Ich bin davon überzeugt, mein Lieber. Ich bleibe ein wenig zurück als treuer Hüter Ihres Hauses. Sie begreifen, ich muß hier Einiges in Ihren Sachen ordnen.

Cagliostro.

Haussuchung?!

Breteuil.

Vermeiden wir so undelikate Worte! — Polizeisergeant, Sie bringen unten meinen Befehl: Alles wird unter Siegel gelegt. Ich selbst werde hier . . sieh da, der Sekretär dort . . dies Kabinett unter meine Obhut nehmen.

Lamotte (höhnisch).

Suchet, so werdet ihr finden.

Breteuil.

Auf die Ehre, Sie wiederzusehen, meine Herrschaften! (Lamotte, Cagliostro, Polizeisergeant ab nach links). So. Nun auf die Fährte! (Er rollt einen Sessel herbei und fängt an, den Sekretär zu durchsuchen). Hm, da . . nein, nichts. Da ist auch nichts . . und da chiffrirte Papiere. Hm, die nehme ich an mich . . offenbar . . (Die geheime Thür öffnet sich lautlos, der Unbekannte tritt heraus, mit einer Halblarve vor dem Gesicht. Er klopft dem in die Papiere vertieft dasitzenden Breteuil auf die Schulter).

Unbekannter.

Was machen Sie denn da, mein Bester?

Breteuil (aufschreckend).

Ha! He? (Will aufspringen.) Wer sind Sie? Was wollen Sie?

Unbekannter (ihn in den Sessel zurückdrückend).

Sitzenbleiben, sitzenbleiben, Herr Großsiegelbewahrer! Sich nicht aufregen, kühl Blut behalten, wenn mal nicht Alles nach Wunsch geht! Ei, ei! Wie kommen Sie denn dazu, fremder Leute Schubfächer zu durchstöbern? Das muß ich doch sehr mißbilligen . . ich bin Ethiker, verzeihen Sie, und das sittliche Pathos gebeut . .

Breteuil.

Herr, treiben Sie keinen Scherz mit mir, das kann gefährlich werden.

Unbekannter.

Für Sie? Ja, meine Scherze sind oft gefährlich. Aber fürchten Sie nichts! Ich bin gekommen, Ihnen einen un=ermeßlichen Dienst zu leisten.

Breteuil sitzend, aufmerksam, ruhig beobachtend).

Ei, das wäre!

Unbekannter.

Sie suchen verzweifelt nach dem bewußten Ariadnefaden, im Labyrinth qualvoller Zweifel. Ja, Sie selbst sogar, Herr Untersucher und Großsiegelbewahrer, können sich nicht Rechenschaft geben, ob die Königin schuldig oder unschuldig sei. Selbst Ihre Loyalität verschließt sich nicht der Erkennt=nis, daß man hier bei jedem Schritt über Widersprüche stolpert.

Breteuil.

Sie sind ungemein beredt und scheinen sehr wohl unterrichtet, mein Herr. Ich höre Sie mit lebhafter Aufmerksamkeit.

Unbekannter.

Sehn Sie, da sind z. B. die Briefe Ihrer Majestät an den Kardinal . . eine schwere Menge war's . .

Breteuil (sich halb erhebend).

Was! Sie behaupten —

Unbekannter.

Behaupten! Darauf laß' ich mich nie ein, mein Herr. Ich weiß immer, ganz einfach. Also diese zahlreichen Briefe . .

Breteuil.

Passen Sie wohl auf, mein Herr Vermummter! Ihre Majestät leugnet ja — das heißt also: hat nie an Rohan geschrieben.

Unbekannter.

Ach ja, die Frauen, die süßen Seelen! Das Züngelchen lügt sich so durch. Na also, Ihre Häscher durchsuchen soeben das Palais Kardinal, legen Alles unter Siegel, bringen die Diener unter Schloß und Riegel, — hilft Alles nichts, Sie finden die Briefe doch nicht.

Breteuil (lauernd).

Was Sie nicht Alles wissen! Und wo findet man diese angeblichen Autographen?

Unbekannter.

Ueberhaupt nicht. Die sind verbrannt.

Breteuil (will wieder aufspringen).

Verbrannt?

Unbekannter.

Sitzen bleiben, sitzen bleiben! — Ja, ich sah selbst die Asche.

Breteuil.

Pah! Sie mystifizieren, mein großer Unbekannter.

Unbekannter.

Hochachtung! Sie sind ein positiver Geist, mein Herr Baron, ein Encyklopädist, ein Realist, Sie wollen immer menschliche Dokumente —

Breteuil.

Ja, ich traue nur meinen Augen.

Unbekannter.

Kennen Sie die Handschrift Rohans?

Breteuil.

Ich denke doch.

Unbekannter.

Ihr Ehrenwort, daß Sie nicht davon Gebrauch machen? (Zieht einen Papierstreifen hervor.)

Breteuil (gierig).

Hm! Nun — ja!

Unbekannter (zeigt ihm).

Lesen Sie!

Breteuil (liest).

„Ueberbringer dieses in mein Kabinett führen, ihm das rothe Portefeuille übergeben, Schreibtisch drittes Fach rechts.

Alles verbrennen. Höchste Eile." — Ah! Und wer war
der Ueberbringer?

Unbekannter.

Ich, mein Herr.

Breteuil.

Und Sie —?

Unbekannter.

Ich habe dem Befehl genügt.

Breteuil.

Geben Sie mir Details.

Unbekannter.

Der Intendant von Eminenz, Baron Planta, und sein
Sekretär Abbé Georgel begriffen die Dringlichkeit. Wir
erbrachen das Geheimfach, fanden das rothe Portefeuille
und warfen's in den Kamin. Es gab einen schönen Rauch.

Breteuil.

So? Und das erzählen Sie mir Alles so ganz ge=
müthlich? (Will das Papier einstecken.) Dies wichtige Beweis=
stück —

Unbekannter (reißt es ihm aus der Hand und steckt es ein).

Ah, Sie brechen Ihr Ehrenwort?

Breteuil (springt auf und zieht eine silberne Pfeife hervor).

Und was hindert mich, meine Leute zu rufen und Sie
einfach zu packen?

Unbekannter (zieht blitzschnell eine Pistole und setzt sie ihm an die
Schläfe, während er Breteuil in den Sessel zurückwirft).

Mein lieber Polizist, ich schieße Sie über den Haufen,
genügt das?

Breteuil (überwunden, knirſchend, im Seſſel zurückgelehnt.)

Bin ich unter Banditen geraten? Oder unter Ver=
ſchworene? (Ihn meſſend.) Ah, vermutlich.

Unbekannter.

Mein Guter, beſchweren Sie doch nicht Ihr armes Ge=
hirn mit müßigen Spekulationen! Geſtatten Sie, daß ich
Ihre hübſche Pfeife da in Aufbewahrung nehme. (Nimmt
ſie ihm aus der Hand und ſteckt ſie ein.) Und dann dieſe Papiere
da (auf die von Breteuil neben ſich gelegten Papiere Caglioſtros
weiſend) wer wird ſo neugierig ſein nach fremder Leute
Eigentum! (Steckt ſie ein.) Das iſt nichts für Sie, mein
liebes Kind! Spiele nicht mit Schießgewehr! Das ſind
wiſſenſchaftliche Myſterien.

Breteuil (mit Humor).

Bleiben Sie meinethalben Großſiegelbewahrer Ihrer
Privatgelüſte, Monſieur, und kommen wir zu dem wichtigen
Dienſt, den Sie mir verſprachen. (er horcht.)

Unbekannter.

Ah, Sie fürchten, einer Ihrer Leute könne zufällig hier
heraufſpazieren und unſere Intimität ſtören?! Ach nein,
beruhigen Sie ſich! Die haben unten einen hübſchen
Tropfen Tokayer gefunden und dürſten gar nicht nach der
Gegenwart des geſtrengen Gebieters. Ihr liebes Pfeifchen —
ja, das wär' was anderes! Aber Sie ſchenkten es ja mir,
Sie Großmütiger!

Breteuil (wütend).

Herr! Wie lange wollen Sie ſich über mich luſtig
machen? Ich bin in Ihren Händen, das ſeh' ich wohl.
Machen Sie ein Ende! Was wollen Sie von mir?

9

Unbekannter.

Ihnen nützen, wie ich schon sagte.

Breteuil.

Aus platonischer Menschenfreundlichkeit? Ich fürchte
die Danaer, auch wenn sie Geschenke bringen.

Unbekannter (trocken).

Eine Liebe ist der andern wert. Sie werden drei
Bedingungen erfüllen.

Breteuil.

Sprechen Sie! Ich bin ja doch in Ihrer Gewalt.

Unbekannter.

Herrlich! Erkenne Dich selbst! (ruft). Acharat! (Die
geheime Thür öffnet sich lautlos und zwei schwarzvermummte Verlarvte
mit blanken Degen stehen dort, wie aus der Erde gewachsen.)
Drehen Sie sich um, Baron!

Breteuil (wendet sich, erblickt die Männer, schaudert, grüßt).

Noch mehr Gesellschaft? Guten Abend! — Das scheint
eine Räuberlegende aus den Abruzzen.

Unbekannter.

Bravo, Sie finden sich schon zurecht. (scharf, kurz.) Also
Breteuil, erstens: Cagliostro ist unschuldig an der ganzen
Halsbandgeschichte, die Untersuchung wird dies ohnehin er-
geben. Allein, man kennt ja die unparteilichen Gerichte.
Geben Sie mir Ihr Ehrenwort hier vor zwei Zeugen, daß
Sie Ihren ganzen Einfluß für Cagliostro's Freisprechung
einsetzen werden.

Breteuil (zögernd).

Recht gern. Aber wie kann ich das? Cagliostro ist

dem König verdächtig, man wünscht seinen Aufenthalt nicht
in diesen Landen —

Unbekannter.

O so! Das schadet nichts. Ausgewiesen darf er werden,
dagegen haben wir nichts. Sonst aber, Breteuil, wird
nichts Sie unserer fernhintreffenden Rache entziehen.

Breteuil.

Unsrer? Wir? Wer droht so in diesem Königreich?

Unbekannter (sich hoch aufrichtend).

Wer mächtiger als der König. Beherzigen Sie den
Wahlspruch des frommen Staatsbürgers: Was ich nicht
weiß, macht mich nicht heiß. — Ihr Ehrenwort?

Breteuil.

Mit dem Vorbehalt der Ausweisung, — einverstanden.

Unbekannter.

Und nun zur zweiten Bedingung: Die Lamotte ist
schuldig, sie wird verurteilt werden. Das Beste wäre aber,
jedes weitere Konspirieren dieser Circe unmöglich zu machen.

Breteuil.

Man kann sie doch nicht umbringen.

Unbekannter.

Nein, aber man kann sie bestraft entwischen lassen.

Breteuil.

Ah, ah! Das hat etwas für sich. Jedoch, mein Herr
Unbekannter, noch ist die Lamotte nicht verurteilt und
dessen bedürfen wir unbedingt zur Ehrenrettung des Thrones.

9*

Unbekannter.

Der Dienst, den ich versprach, besteht eben darin, Ihnen ein unfehlbares Beweismittel in die Hand zu geben.

Breteuil (gespannt).

Ist dem so, so unterschreibe ich blindlings, was Sie fordern.

Unbekannter.

Gut. So nehmen Sie hier Tinte und Feder und unterschreiben Sie in aller Form diesen dienstlichen Befehl: (Zieht ein Papier und legt es vor Breteuil hin.) „Träger dieses hat freien Zutritt und Ausgang in der Gefängniszelle der p. p. Lamotte und unumschränkte Vollmacht in ihren Sachen vorzunehmen, was ihm bedünkt. Jeder Beamte ist verpflichtet, ihm zu gehorchen."

Breteuil.

Meiner Treu, eine seltsame Zumutung! Das kompromittiert mich. Nun, im Notfall könnte man's für Fälschung erklären.

Unbekannter.

Seht mir den! Ihm spuken nur Fälschungen im Kopf .. das scheint heut das bequemste Mittel .. nächstens erklärt man auch noch die Briefe der Königin an Rohan für Fälschung!

Breteuil (aufseufzend).

O mein Gott, Sie bleiben also dabei, daß diese Briefe —

Unbekannter.

So und hier (legt ein andres Blatt daneben) meine dritte

Bedingung: Eine Art Passepartout für den Träger dieses,
Frankreich ungehindert zu verlassen. Es könnte Ihnen doch
einfallen, mein guter Baron, dem großen Unbekannten ein
wenig auf den Zahn zu fühlen, nachdem ich Ihnen jetzt
meine Gegenwart entzogen. Ach, reden Sie nicht! Sie
möchten gar zu gern dahinterkommen, wer wir sind. Aber
das giebts nicht, mein Freund. Vorliegender Schein besagt
in den präzisesten Formen, daß ich eine Vertrauensperson
sei, für welche Sie, der Minister Breteuil, bürgen. Nun,
wirds bald?

Breteuil.

Hm! Meinethalben. Und Sie werden mir wirklich
halten, was Sie versprachen?

Unbekannter.

Unterschreiben Sie und Sie werden sehen. (Breteuil
schreibt. Jener winkt den Verlarvten, die sich entfernen.)

Breteuil.

Da haben Sie Ihre Papiere.

Unbekannter.

Gut. Und da . . (die Verlarvten erscheinen wieder, zwischen
sich Oliva.) Ihr Lohn.

Breteuil (sich umdrehend).

Ha! — Die Königin?! (Er bleibt wie vom Blitze ge-
troffen stehn.)

Unbekannter.

Die Königin weint in Trianon, also kann diese Dame
wohl kaum . .

Breteuil.

Diese fabelhafte Ähnlichkeit! Ah, ich ahne . . Wer sind Sie?

Oliva (schluchzt).

Ein unglückliches Mädchen.

Unbekannter (zu ihr).

Getrost, mein liebes Kind, schütten Sie dem Herrn Minister Ihr übervolles Herz aus. Er wird Ihnen sein väterliches Wohlwollen widmen, denn dies ist (mit Handbewegung vorstellend) die weiße Dame der nächtlichen Promenade im Park von Versailles.

Breteuil.

Ha, Triumph! Wir sind gerettet! — Mein Herr, ich danke Ihnen. Sie haben den Staat gerettet.

Unbekannter (lächelnd).

Mein Herr, ich wünsche mir nichts Besseres. (Er grüßt und verschwindet mit den Verlarvten durch die Thür. — Breteuil und Oliva starren ihm sprachlos nach.)

Neuntes Bild.

(In der Bastille. Eine Art Vorhof. Im Hintergrund eine Treppe die zu einer Thür hinaufführt. Rechts und links ein Gitterthor. — In der Mitte sitzt Rohan, schwarz gekleidet, auf einem Lehnstuhl. Links an einem Tisch Cagliostro, der eifrig schreibt. Rechts in der Ecke, abseits von den Anderen, sitzt die Lamotte auf einem rohen Holzstuhl. Zwischen ihr und Rohan sitzt Oliva auf einem Schemelchen und Villette steht hinter ihr.)

Cagliostro (die Feder hinwerfend).

Ah — uf!

Villette.

Was schreiben Sie so eifrig, Herr v. Cagliostro?

Cagliostro.

Meinen offenen Brief an die französische Nation, den ich für London vorbereite.

Villette.

Teufel! Sie haben kalt Blut. Das in diesem Augenblick, wo über unseren Köpfen das Oberreichsgericht unser Urteil spricht, das wir sogleich vernehmen sollen?

Cagliostro.

Ein markiger Styl, he? (Liest vor). „Ja, ich wiederhole es frei, nachdem ich's als Gefangener gesagt habe: Es giebt kein noch so großes Verbrechen, das nicht durch Untersuchungshaft in der Bastille abgebüßt wird. Meine Jünger und Schüler weinen: Wann ich nach Frankreich zurückkehren würde? Nicht eher, bis die Bastille eine öffentliche Promenade geworden ist. Ihr habt Alles, um glücklich zu sein, ihr Franzosen. Es fehlt euch, meine Freunde, nur ein kleiner Punkt, die Gewißheit, sicher im eigenen Bette schlafen zu dürfen, wenn ihr euch in nichts vergangen habt. Darum; Nieder mit der Bastille!"

Alle (außer Rohan).
Nieder mit der Bastille!

Billette.
Hiphiphip hurrah, sagen wir Engländer.

Lamotte.
Was mich betrifft, so werde ich meine Unschuld mit heiligem Eifer in jenen „Denkwürdigkeiten" darthun, welche ich nach meiner Freisprechung im Ausland zu publizieren denke.

Billette.
Ihre Unschuld! Ihre Freisprechung!

Lamotte (verächtlich den Kopf wendend).
Ich rede nicht mit Ihnen!

Billette.
Oho, Madame, nur nicht so auf hohem Pferd! Mein Gott, ja, ich begreife, daß Sie mir zürnen. Aber was war zu thun! Als die Spitzel in England mich packten, wurde ich auf Dringen des französischen Gesandten ausgeliefert. Jeder ist sich selbst der Nächste. Ein reuiges Geständnis —

Lamotte.
Memme!

Olive.
Und mich, Madame, mich kennen Sie also auch nicht?

Lamotte.

Bah! Schweige Sie, gemeine Kreatur! Man will beweisen, daß die Königin nicht in der Nacht spazieren ging. Also zeigt man eine Frau, die der Königin gleicht und behauptet, sie sei im Park gewesen. Man zeigt sie; es ist gut.

Cagliostro (beiseit zu Rohan).

Diese Infamie hat im Publikum allgemeinen Anklang gefunden. Man glaubt ihr.

Rohan.

Wie ist's möglich?

Cagliostro.

Es haben zu Viele ein Interesse daran .. doch was sag' ich da!

Rohan.

Meister, Sie glauben ernstlich, daß in diesem Lande der Haß gegen die Krone so weit geht?

Lamotte.

Alle Winkelzüge und Schleichwege, deren man sich bedient, um mir Geständnisse zu entpressen, bestärkten mich nur in dem Entschluß, meine Gebieterin nicht bloßzustellen.

Billette.

Das ist herrlich! Ein antiker Charakter!

Lamotte.

Ist mir eine Klage entschlüpft? O diese lange Haft, die Scham, die Verzweiflung!

Billette.

Scham? Sagten Sie „Scham", Madame?

Lamotte.

Ich würdige Sie keines Blickes, Bursche! — Meine Beharrlichkeit in der Verschwiegenheit —

Villette.

Was sagten Sie? „Verlogenheit"? Ich verstand nicht recht.

Lamotte.

Ach, und Sie, Monseigneur, warum weigerten sie sich so hartnäckig, Alles zu enthüllen? Sie hätten unsern Richtern ein unbegrenztes Vertrauen gewähren sollen. Meine Ergebenheit ist Ihnen doch bekannt. (Rohan schweigt). Ach, wir Beide werden der Rache jener Undankbaren nicht entgehen, die uns opfern will, um sich zu decken.

Cagliostro (zu Rohan).

In diesem Styl peroriert sie nun Tag für Tag vor Richtern und Publikum — und es glückt ihr. Sie macht glauben, sie habe die Königin geschont, um Ihr Zartgefühl nachzuahmen.

Lamotte.

Ei, Herr Kardinal, so bin ich denn ganz in Ungnade gefallen? Vergessen Sie doch nicht, daß mir ein Mittel bleibt, meine Unschuld zu beweisen, nämlich Ihre so glühenden Liebesbriefe an Ihre Majestät lesen zu lassen. Die sind in sicherer Obhut, versiegelt und wohlverwahrt.

Cagliostro.

Ei ei, bei wem denn?

Lamotte.

Zu Händen Sr. Hoheit des Herzogs von Orleans.

Alle.

In London?

Billette.

Teufel! Das ist ein Meisterstreich.

Lamotte.

Doch wie werde ich meinen Wohlthäter —! Nein nein, das widerstrebt einer wahrhaft vornehmen Natur.

Billette.

O Sie Edle! Ich schlechter Mensch schließe daraus, Sie wollen die Briefe für später als Waffe benutzen.

Lamotte (giebt ihm eine Ohrfeige).

Gaukler infamer!

Billette (feierlich auf sie deutend).

Prinzessin von Valois!·

Oliva (zu Rohan).

Armer Monseigneur! Verzeihen Sie mir!

Rohan (gepreßt).

Ich wüßte nicht, was ich Ihnen zu verzeihen hätte, meine Liebe! (stöhnt). O Schmutz und Elend!

Cagliostro (drückt ihm die Hand).

Mut, Mut! Wie fühlen Sie sich, mein lieber Sohn?

Rohan (leise).

Ach, könnte ich mit meinem Blut und meinen Thränen die Stufen des Thrones reinigen, den ich besudelt! O Meister, wo fließt der Wunderbalsam für so viel Reue? Ich hoffe auf Ihre Magie.

Cagliostro (salbungsvoll).

In Verbindung mit den Schwesterwissenschaften, der Alchymie und Nekromantik, ist mir's ein Leichtes, einen solchen Balsam zu bereiten. Sie kennen ja mein Lebens= elixir.

Lamotte (herüberschreiend).

Was preist der Marktschreier da wieder seine Waaren an!

Cagliostro.

Megäre! Nein, hier ist allgemeine Würdelosigkeit.

Rohan (leise).

Sehn Sie, wie sie dort sitzt, diese Königin von der Straßenecke, auf dem Verbrecherschemel! Und doch . . ach, es sind dieselben Züge, ich kann nicht hinsehen . . Eine Abenteuerin und eine Spitzbübin — um ihretwillen hat ein Rohan die Königin von Frankreich verachtet!

Cagliostro.

Ja ja, sehr schmerzlich! Irion meinte die Juno zu umarmen — und hinterher war's bloß eine Wolke.

Rohan.

Und nicht einmal meinen Irrtum, meine Reue gestehen zu dürfen! Denn sonst müßte ich ja mit eingestehen, daß ich die Königin . . Meine Reue selbst wäre Befleckung ge= wesen. So mußte ich dies Scheusal Alles leugnen lassen, und — schweigen.

Lamotte (frech zu ihm hinüberrufend.)

Sie haben Alles verpudelt. Warum verbrannten Sie die Briefe der Königin?

Villette.

Herrgott, meine Fälschungen?!

Lamotte.

Was will dieser freche Mensch! Wir wissen am besten, wir zwei Beide, Kardinal, daß sie echt waren, diese süßen, diese kostbaren Briefe!

Billette.

Zum Henker ja, Monseigneur, das war ein grober Fehler. Wer soll denn nun die Fälschung beweisen? Das bleibt auf der Königin sitzen.

Lamotte.

Haha, ich glaube, meine heutige Haltung hat eine entscheidende Wirkung hervorgebracht.

Billette.

Das glaub' ich auch! (wechselt mit den Andern Blicke.)

Lamotte.

Freilich braucht der König einen Schuldigen, aber wer weiß! (blickt tückisch auf Rohan.) Ich rechne auf die moralische Unterstützung der öffentlichen Meinung.

Billette.

Eine Krähe hackt der andern nicht die Augen aus. Die öffentliche Meinung ist selbst nur eine Fälscherin und Dirne.

Rohan (bitter, mit der Hand grüßend).

Mein Herr, ich grüße Sie. Das war geistreich.

Cagliostro.

Unglückliche Tochter der Natur! Ich bin Gemütsmensch und trauere über Dir. Wahrlich, ich sage Euch: Jetzo werde ich prophezeien!

Alle.

Hört, hört!

Oliva (lauscht nach rechts).

Ja und hört doch da draußen das Summen und Brausen!

Villette.

Eine ungeheure Volksmenge wartet im Hof und auf dem Bastilleplatz. Haha, das ist wie eine römische Arena. Wir sind die Bestien im Zwinger, die dem Pöbel zur Schau vorgeworfen werden. (Draußen rechts und von allen Seiten brausender Lärm. „Bravo, bravo!" Pause. Die Gefangenen sehen sich an.)

Oliva (zitternd).

Das Urteil ist gesprochen. Ach, Monseigneur, mir thut's nur so leid um Sie .. Der Generalstaatsanwalt hat darauf angetragen, Sie aller Titel und Würden zu entsetzen ..

Rohan (ruhig).

Mag's! Ein Rohan bleibt ein Rohan.

Villette.

Und Sie sollen verbannt werden vom Hofe.

Rohan.

Nicht nötig. Ich verbanne mich schon selbst . . . auf meine Berge in der Auvergne. Dort werde ich weinen und bereuen.

Lamotte (giftig).

Natürlich, Sie bleiben immer der Grandseigneur, und ein ganzes Spalier von Prinzen und Herzögen mit Flor am Degen stellt sich am Wege auf, um dem in Ihrer Person bedrohten Adel das Ehrengeleit zu geben. Nun, Prophete

Cagliostro, weissage mir doch! Wird man je in mir das königliche Blut der Valois ehren?

Cagliostro (in einer düsteren Extase).

Der alte Königsname ist erloschen und bald wird ihm folgen der jüngere Name Bourbon.

Alle.

Was sagen Sie da?

Cagliostro.

Ha, hm, ha! In solchen interessanten Augenblicken, in diesen stillen abgeschlossenen Räumen, in der Stunde des Scheidens, scheint es mir nicht uneben, sondern angezeigt, einige allgemeine Betrachtungen am rechten Orte auszusäen. Mich als öffentlichen Redner drängt der Geist der Maurerei, der Philosophie und Philantropie. Ha, was ist das? Uriel, Anachiel, was enthüllet ihr mir? Flammen, grelle Lichtstrahlen steigen zum Himmel auf, sie zünden ihn an, die Sterne erlöschen. Ein einziges rotes Meer von Feuer leckt aus dem Abgrund empor und Alles wird zu Asche verzehrt, Pharao und seine Wagen. Alles, was da prunkt und gleißt, wird hineingeschleubert in die Flammen, diese granitene Zwingburg mit, die Bastille mit, ganze Familien, ganze Völker mit — Privilegien, Standesunterschiede, dünne Papierfetzen! Knister, Knaster, das Reich der Lüge gehet zu Ende in unauslöschlichem Feuer. (Die Thür in der Höhe wird aufgerissen. Fackeln. Man sieht Grenadiere mit aufgepflanztem Bajonett. Vor ihnen steigt der Abgesandte des Gerichts die Stufen hinab, eine Urkunde in der Hand.)

Alle.

Ha! Das Urteil! (Das Lärmen rechts nimmt zu.)

Der Abgesandte (entrollt die Urkunde).

Im Namen des Gerichts!

Cagliostro.

Mut, meine Brüder und Schwestern! Wahrlich, ich
sage euch: Wir sind hier wie Daniel in der Löwengrube,
wie die Gemeinde der Christen in den Katakomben.
Dennoch aber verzaget nicht, denn der Geist ist mitten
unter euch!

Der Abgesandte (hört diese Rede ruhig an und verbeugt sich dann
vor Cagliostro).

Graf Cagliostro, Sie sind frei.

Alle (mit verschiedenem Ausdruck).

Ah, ah!

Rohan (würdevoll).

Ich gratuliere.

Abgesandter.

Doch auf ausdrücklichen Befehl des Königs sind Sie
bis auf Weiteres des Landes verwiesen.

Cagliostro.

Ich schüttle den Staub von meinen Füßen.

Abgesandter.

Monseigneur Rohan!

Rohan (steht auf; fest).

Hier bin ich.

Abgesandter.

Ich bitte sitzen zu bleiben und sich nicht zu bemühen,
Eminenz. (Mit tiefer Verbeugung.) Sie sind frei.

Rohan.

Ich danke. (Er fällt erschöpft in den Lehnstuhl zurück. Die Andern drängen sich glückwünschend heran.)

Abgesandter.

Stille! — Villette, genannt von Retaur, Schriftsteller, Journalist!

Villette (zerknirscht).

Ein armer Schächer, Herr Gerichtshof!

Abgesandter (ein Lächeln unterdrückend).

Sie sind auf Lebenszeit — (Villette schwankt und hält sich an einer Stuhllehne.) verbannt. Ihr reumütiges Geständnis wurde Ihnen angerechnet. (Villette macht einen Luftsprung.) Fräulein Oliva, genannt Essigny!

Oliva.

Ach ja, die arme Oliva!

Abgesandter.

Sie sind der Anklage entbunden. (Oliva umarmt in ihrer Freude Cagliostro und küßt Rohan die Hand.)

Cagliostro (ihr ins Ohr.)

Du siehst, Kleine, wir haben unser Versprechen ge-halten.

Oliva (leise).

Auf ewig die Ihre.

Lamotte (wild).

Wie, sie alle frei? Und ich?

Abgesandter (langsam).

Jeanne von St. Remy, genannt von Valois, verehe-lichte Lamotte, knieen Sie nieder!

Lamotte.

Ich niederknieen! Ich, eine Valois!

Abgesandter.

So lautet der Befehl.

Lamotte.

Nie, nie, nie!

Abgesandter (sich umwendend).

Meister von Paris! (Der Henker, im rothen Wams, Pelz=mütze und Lederschürze erscheint oben und steigt die Treppe herunter.) Bändigt die Widerspenstige, um der Gerechtigkeit Genüge zu leisten. (Der Henker ergreift die Lamotte.)

Lamotte.

Wer ist dieser Mann?

Abgesandter.

Der Henker. Sie sind zu öffentlicher Brandmarkung verurtheilt.

Alle (entsetzt).

Gräßlich!

Cagliostro (vorn links, behaglich seine Papiere zu sich steckend).

Ein Leckerbissen für meine Brochüre! Die unmenschliche kindische Strafrechtspflege!

Lamotte (anfänglich betäubt, dann in rasende Wuth ausbrechend).

Ah, ihr Schurken, ihr Ungeheuer! (Sie ringt mit dem Henker.)

Henker (wie um sie zu bändigen, sie nach vorn — bis an die Bühnen=rampe — schleppend, ihr ins Ohr).

Still doch! ich werde Ihnen nicht sehr wehe thun. Und diese Nacht noch sollen Sie entwischen.

Lamotte (heifer flüfternd).

Was, wie? Wer erbarmt sich mein?

Henker.

Darf nicht sagen.

Lamotte.

Und wohin soll ich fliehen?

Henker.

Nach England.

Lamotte.

Ah, zum Herzog von Orleans?! — Wir werden zu=
sammen drucken, in reicher Fülle, Alles, was unser Herz
enthält . . O die Druckerschwärze!

Abgesandter (hat mittlerweile dreimal rechts von innen ans Thor
gepocht. Man hört draußen entriegeln. Ungeheurer Lärm h. d.
Szene. Man öffnet).

Die andern Gefangenen haben sofort die Bastille zu
verlassen. (Zu Rohan, das Haupt entblößend.) Monseigneur,
wenn ich bitten darf —!

Rohan (wankend).

Frei! (Geht nach rechts.) Lebt wohl, meine Leidens=
genossen! Ich verzeihe Allen. Wir werden uns niemals
wiedersehn. (Sich umschauend, tiefbewegt.) Leb wohl, Bastille!
Mein Leben hast Du vernichtet, meine Seele gerettet. (Er
geht festen Schrittes rechts hinaus und wird von ungeheurem Jubel
„Es lebe Rohan!" empfangen.)

Abgesandter.

Herr v. Cagliostro? (Weist nach rechts.)

Cagliostro (halblaut, auf feine Papiere in der Brusttasche klopfend).

Na, wir werden euch die Sache schon besorgen! (Wie er

10*

zum Thor rechts tritt, stürmt unter brausendem Jubel „Es lebe Cagliostro!" eine buntscheckige Menge herein: Feingekleidete Herren und Damen und „Volk" bunt durcheinander.)

Der Unbekannte (immer in schwarzer einfacher Kleidung.)
Hoch der Meister, der Seher, der Prophet!

Damen und Herren.
Der göttliche Meister!

Ein Herr.
Meister, erkennen Sie mich? Ich bin der General= pächter Poqueville. Ach, Sie scheiden von uns, Ihren Schülern, Ihren Jüngern.

Ein andrer Herr.
Aber wir illuminieren, ganz Paris illuminiert .. o, wir machen eine Manifestation in heroischem Styl ..

Cagliostro.
Mein lieber Herzog von Aiguillon ..

Eine Dame.
Alle Welt, die gute Gesellschaft ist rein „hin" von Ihrer grandiosen Verteidigungsrede ..

Cagliostro.
Meine teure Vicomtesse ..

Eine andere Dame.
Ach, Meister, ich bin rein „weg" in Sie! Sie kennen mich doch noch? Ich bin ja Frau Abrahams ..

Cagliostro.
Ihr würdiger Gatte, der große Bankier, ist mir ans Herz gewachsen, Frau Abrahams.

Eine dritte Dame.

Ach, Meister, wie wär' es, wenn Sie mir etwas auf meinen Fächer schrieben?

Alle Damen (schreien).

Auf unsere Fächer!

Cagliostro.

Meine Damen, meine Damen, Sie erdrücken mich. O, dies ist mein Pariser Märchen, an das ich ewig denken werde!

Alle (entzückt).

Sein Pariser Märchen!

Volk.

Hebt'n auf'n Kopp! (Vier Kerle mit bloßen Armen packen Cagliostro und heben ihn auf die Schultern.)

Unbekannter (laut).

Die Philosophie auf den Schild gehoben, der Geist auf den Armen des Volks — o Vision der Zukunft!

Herrn und Damen.

Bravo, Bravissimo!

Volk.

Hoch soll er leben, hoch soll er leben, hoch, hoch, hoch!

Cagliostro (sträubt sich etwas).

Au! (Im Volksrednerton.) Na, Kinder, da ich nun hier oben sitze und es so gemütlich wird, so werde ich mal erst eins prophezeien!

Damen und Herrn.

Er prophezeit! Entzückend!

Volk (drängt sich).

Platz da! — Auch hören! — Hier giebt's was Feines! Unentgeltlich! -- Los!

Cagliostro (feierlich).

Das Reich der Dummheit und Knechtschaft steht in Flammen, der jüngste Tag bricht an, Götzenbilder zerschmelzen. Ein Scheiterhaufen flammt und zischt, alles wird nieder= gebrannt . . Brand, Qualm, Finsternis . .

Volk.

Alles niedergebrannt! Hoch!

Abgesandter des Gerichts.

Mein Herr, ich kann das nicht länger dulden. Das sind zweideutige Phrasen, die man verpönen muß. (Im Polizeiton.) Die Versammlung ist aufgelöst! (Zu den Trägern.) Macht fort! (**Cagliostro** wird unter wildem Jubel davongetragen. — Für sich, halblaut.) O diese Philosophen, diese Schrift= steller! Gegen die bleibt der schneidigste Staatsanwalt ohn= mächtig. Man muß ein Ausnahmegesetz für sie schaffen. (Laut zu Oliva und Villette.) Gehn Sie endlich! (Oliva und Villette gehen Hand in Hand hinaus, kleinlaut, gesenkten Blicks, unter lautem Gelächter des Volks.)

Volk.

Kiekt mal Die! Das ist die, was die Königin gespielt hat . .

Andere.

Na, ob's wahr ist!

Der Unbekannte (laut).

Haha, wie sie der Königin gleicht, dieses lockere Dämchen!

Stimmen.

Na ja, Alles dieselbe Waare!

Abgesandter (zum Henker).

Wird's bald? (Nach links deutend, laut). Dort wartet das Schaugerüst, wo man die große Diebin mit glühendem Eisen brandmarkt! (Das Thor links öffnet sich.)

Volk (gierig herandrängend).

Ah! Da giebt's was zu sehn!

Lamotte (die der Henker auf die Schulter wirft, um sie fortzutragen, kreischt laut).

Feige Franzosen, ihr laßt mich martern! Aber ich leide für euch! Wißt ihr, wer ich bin? Ich bin vom Blut eurer Könige. Man schlägt in mir keine Schuldige, sondern eine Genossin.

Abgesandter.

Nieder mit der Lügnerin!

Lamotte.

Wenn ich diese Schmach erdulde, ist's meine Schuld . .

Alle.

Aha!

Lamotte.

Ja, denn wenn ich gesagt hätte, was ich über die Oesterreicherin weiß, so wäre ich gehenkt, aber nicht entehrt worden.

Abgesandter.

Weg mit ihr! (Der Henker schleppt sie nach links. Volk drängt dorthin nach unter lautem Geschrei. Der Unbekannte bleibt ganz vorn an der Rampe stehen; neben ihm Robespierre, dem er ein Illuminatenzeichen macht).

Robespierre (das Zeichen erwiedernd).

Ah, Bruder! — Oder Meister! — Denn ich glaube Dich zu kennen.

Unbekannter.

Still! Ein herrlicher Tag für den Kardinal!

Robespierre.

Ja, für diesen Aristokraten. (Von links durchdringendes Gekreisch der Lamotte.)

Unbekannter.

Aber nicht für die Aristokratin .. Herstellung des moralischen Gleichgewichts!

Robespierre.

Pah, man erfand eine Oliva, um die Königin zu entlasten. Da findet sich wohl auch eine falsche Lamotte, irgend eine Zuchthäuslerin, die man an ihrer Stelle brandmarkt.

Unbekannter.

Freilich ist's auch nicht die Lamotte, die man brandmarkt.

Robespierre.

Also wer?

Unbekannter (ihm ins Ohr).

Die Königin.

Robespierre.

Haha, nicht schlecht!

Unbekannter.

Hörst Du die Erde beben? Adieu, Robespierre! (Er geht nach rechts ab. Robespierre bleibt allein stehn. Im Hintergrund wildes Geschrei):

Gebrandmarkt!

Berlin, Druck von Wilhelm & Brasch.

www.ingramcontent.com/pod-product-compliance
Lightning Source LLC
Chambersburg PA
CBHW021127020726
47500CB00003B/962